無口な小日向さんは、なぜか俺の胸に頭突きする

「小日向《こひなた》、だよな。金落としたのか？」

俺の声に反応して、
こちらをじっと見上げる小日向。
噂には聞いていたけど、
本当に喋《しゃべ》らないんだな……こいつ。

冴島野乃
小日向さんの幼馴染。正義感が強く、喋らない小日向さんを傍で支える。
Tomoki Sugino
杉野智樹
幼少期のトラウマから女子が苦手だったが小日向さんと出会って変化が……？

Keiichi Karakusa
唐草景一
智樹の親友。
女子が苦手な智樹を
気にかけサポートする。
Asuka Kohinata
小日向明日香
一切喋らず無表情。
唯一、智樹には甘えている
ような仕草を見せる。

向けてきたスマホの画面を見ると、
記されていた文字は『バッグ』の三文字。
「それって学校の——ってことだよな？」

バッグ
小日向は、俺の疑問の言葉に対し
小さく顎を引いて肯定の意を示した。

俺の胸元にぐりぐりと
頭をこすりつけてくる小日向。
彼女が満足するのなら
しばらくはこのままで
いいんじゃないか——そう思った。

無口な小日向さんは、なぜか俺の胸に頭突きする

心音ゆるり

角川スニーカー文庫

23522

CONTENTS

口絵・本文イラスト　さとうぽて　デザイン　たにごめかぶと（ムシカゴグラフィクス）

プロローグ　無口な少女は無表情

自販機をあさる小動物を見た。

「……何をやってんだか」

この『あさる』だの『小動物』だのという表現は適切でないと理解しているが、少なくともその光景を見た瞬間に俺はそう思ってしまったのだ。

リスとかウサギとか、そんな感じ。

周囲に共感してくれる人物がいないだろうかと辺りを見渡してみたが、昼休みを過ぎて役目を終えた学食付近に生徒がいる可能性は限りなく低く、五限と六限の間の少ない休み時間に、教室から遠く離れたこの自販機を目指す生徒はほぼいない。

人混みが嫌いという俺と同じ感覚を持ち合わせていたり、この自販機にしかない飲み物をどうしてもこの少ない休み時間に飲みたいと思っていたら話は別だが。

それはいいとして。

件《くだん》の自販機をあさる生き物はというと、数メートル後ろで後頭部を掻《か》きながら立ち止まっている俺にまったく気付く様子はない。いまもなお、その小さな体躯《たいく》をせわしなく動かしている。ちょこちょこという擬音語がピッタリの動きだ。

彼女の名誉のために言っておくと、おそらく飲み物を購入しようとして小銭を自販機の下に落としてしまったのだろう。つい先ほどお金が落ちる音が聞こえたし、自販機の下を覗《のぞ》き込もうとそわそわしているし。

「どうしたもんかね……」

相手が男子だったならば気軽に声を掛けることができただろうが、どう考えても身に着けている制服は女子のものなので、俺は二の足を踏む。

こちとらこの一年、事務連絡以外で女子に話しかけたことがないんだぞ。ハードルが高すぎるわ。

しかしこのままでは同学年の女子生徒が地べたに頬《ほお》をこすりつけて、小銭を拾うところを真後ろから眺める羽目になってしまうかもしれない。そのような光景を背後から眺めるのは、相手がスカートであることを考慮すると色々とまずい気がするのだ。それに、せっかく高校に入って落ち着いてきた俺の悪評が再燃しかねない。

一瞬ジュースを諦めて回れ右しそうになったが、止《や》めた。

俺は一度大きく深呼吸して、拳を軽く握ってから左足を前方へ踏み出す。一歩二歩と確実に距離を詰めて、やがて彼女のすぐ隣まで辿《たど》り着いた俺は、彼女の横から声を掛けた。

「小日向《こひなた》、だよな。金落としたのか？」

小動物の名前は小日向――関わったことがあるわけでもないし、興味があるわけでもないので下の名前までは知らない。

ただ、彼女が同じ桜清《おうせい》高校の一年であり、明日の終業式と春休みを消化すれば、共に二年に進級するという基礎知識ぐらいは把握している。

中学が一緒だったわけでもなく、同じクラスでもない俺が彼女の名前を知っているのは、小日向が学年で――いや、学校で特別に有名な存在だからだった。学年のアイドルとは少し違ったベクトルかもしれないけど、いい意味で有名なのはたしかである。

俺の声に反応して、こちらをじっと見上げる小日向。

表情からは一切の感情も読み取れず、どこか機械的で冷たい印象を受ける。作り物かと思えるほどの端整な顔立ちも、その冷たさに拍車をかけてしまっているのかもしれない。

長い睫毛《まつげ》の下にあるパッと見ると眠そうな目元は、まるで周囲に関心がないかのようだった。

「いくら落としたんだ？」

問いかけるが、返答はない。犬猫に声を掛けたほうが、もう少しまともなリアクションが返ってきそうだな。

しばしの沈黙のあと、彼女は興味を失ったように俺の目から視線を逸《そ》らし、自販機の方に顔を向けた。噂《うわさ》には聞いていたけど、本当に喋《しゃべ》らないんだな……こいつ。

小日向がこの学校で有名になった理由は、第一にその小柄すぎる体軀だろう。

身長はぎりぎり百四十センチあるかないかぐらいで、俺と比べると三十センチ以上小さい。それでいて動きがちょこちょこしているものだから、見る者は保護欲をくすぐられること間違いなしだ。

俺と小日向が向かい合えば、彼女のつむじが視界に入るような身長差で、つい顎を乗せてしまいたくなるような位置に頭がある。小日向のことを知らずに街中で遭遇していれば、中学生はもちろん――小学六年生と聞かされても信じてしまいそうだ。

小さな身体《からだ》、そして色素が薄いショートボブの髪を見れば、たとえそれが後姿であったとしても桜清の生徒ならば小日向だと断定するだろう。彼女と同じような体格の生徒は見かけないし、あのちょこちょことした動きは彼女特有のものだろうからな。

「十円か？　五十円か？」

俺が問いかけると、小日向は自販機に視線を向けたまま顔を横に振る。口は閉ざしたままで、開く気配は一切ない。

彼女を有名たらしめたもうひとつの要因が――だれも彼女の声を聞いたことがないとい

う、都市伝説じみたモノだった。もはや学校の七不思議に認定していいぐらい、桜清高校では有名な話である。

友人の景一《けいいち》から聞いた話によると、小日向は絶対に口を開くことはないが、イエスかノーで答えられる質問をすると首を振って反応するらしい。その話を思い出して彼女に問いかけたのだが——どうやら成功したみたいだ。とりあえず十円五十円ではないと。

「じゃあ百円？」

続けて問いかけるが、再び首を横に振る小日向。

「となると、五百円か。大金だな」

俺の言葉に、彼女は表情を変えないままコクコクと頷《うなず》いた。きちんとコミュニケーションを取ってくれるあたり、単純に人が嫌いというわけではないのだろう。

しかし……なるほどな。

落としたのが五百円だったならば、俺でも多少の恥を我慢して拾おうとするだろう。小日向が自販機の前で右往左往していた理由に納得し、俺も腕組みして彼女と同じように頷いた。いまここで俺が地べたに這《は》いつくばって五百円玉を捜索してもいいが……その泥臭い姿はあまり人には見られなくない。

まぁ……この場で会ったのもなにかの縁だろう。幸い俺はこの学校でただ一人、学食やその周辺を掃除することがある学生だからな。

俺はポケットから財布を取りだして、ひょいと五百円玉を摘《つま》みだす。たまたま俺の財布の中に五百円玉が存在していたことも、これまた運命的――とまでは思わないけど、コンビニのお会計がゾロ目になるぐらいには運が良い。

「俺さ、今日ここの掃除することになってるから、小日向の金は俺が代わりに拾っておいてやる。だからほれ――」

そう言って人差し指と親指に挟んだ五百円玉を小日向の目の前に持ってくる。

すると彼女は金色の硬貨をジッと眺めたあと、表情のない顔を俺に向けた。何を思っているのかわからないが、ここで俺がこのお金を引っ込めることは難しい。

実行すると決めたなら最後まで完遂せねば。

「手を出してくれないと渡せないんだが」

どこかぼうっとしている小日向に対し、俺は言葉を追加する。すると、彼女は言われた通り俺の前に手を差し出した。

両手で水を掬《すく》うような形なのだが、二つ分の手の平なのに面積は小さい。俺はその小さな手の平の上に、ぽとりと五百円玉を落とした。

手の平に置かれたお金を見つめる小日向を横目に、俺もさっさと自分の用事――つまり飲み物を購入する。果汁１００％のグレープジュースだ。マイブームなのである。

紙パックに入ったそのグレープジュースを制服のポケットに乱暴に突っ込むと、俺はそのまま回れ右——教室へと向かって歩き出した。だって時間にそんな余裕ないし。

「お前もさっさと買うモノ買って教室に戻れよ。授業遅刻するぞ」

俺の言葉を受けて、コクリと小さな顔を上下に動かす小日向。彼女は自販機に身体を向けると、俺から受け取った五百円を慎重に自販機に入れるのだった。


この一連の出来事に対し彼女がどういう風に思ったのか、俺にはさっぱりわからない。だって彼女は喋らないどころか、表情の変化もないから。

せめてもう少しなにかリアクションがあればわかったのかもしれないけど、俺の勝手な行動に対して他人に何かを求めてもしかたがないしな。まぁ、実際自己満足みたいなもんだし。

それになにより——口を一切開かない小日向は、俺が女性への苦手意識を減らすためのベストなリハビリ相手と言っていい。もし二年次に同じクラスになったら、話しかけてみるのも有りだな。

校舎へ繋《つな》がる渡り廊下を歩きながら、俺はそんなことを考えるのだった。

「というわけで、五百円回収っと」

放課後、俺は学食の掃除を始める前に、小日向が落としたお金を回収することに成功した。彼女が嘘《うそ》をついているとは思わなかったが、実際に手に取ると安心する。

学生にとって五百円という大金はとても貴重だ。俺はバイトである程度収入があるけれど、それでも一食分たりうる五百円は大きい。

う〇い棒なら五十本近く買えるんだぞ？　買わないけどさ。

俺が自販機の下をほうきで掻《か》き出す様を学食の窓から眺めていた調理師の朱音《あかね》さんは、

「ふーん」と興味があるのかないのかわからないような声を漏らした。

「じゃあ智樹《ともき》くん、ようやく自分から女の子と話す気になったんだ。おめっとー」

なんだその感情の籠っていないような言い方は。祝うならもっと気持ちを入れろ！

「まぁいつまでもこの致命的な苦手を放置するわけにはいかないですからね。いちおう相手から話しかけられたら普通に答えられますし、喫茶店のバイトだと二人までなら普通に対応できますよ」

バイト先はほぼ常連客しかいないから、クレーマーに遭遇する危険もないし。安心安全な職場である。

「そもそも女の子の私と話せてるもんね」

ふんふんと鼻を鳴らしながら頷いた朱音さんは、だらしなく窓の桟に頬を乗せて話を続ける。朱音さんの『女の子』発言に関しては無視することにした。だって朱音さん、母さんの妹なんだからそれなりに年とってるし。

そんなことを言ってしまえば、確実に体罰が待っていそうだから何も言わないけど。

「まぁ君が前に進もうとしているなら、それはいいことだ！　お姉さんは応援するよ！　というわけで、今日の掃除の報酬はハンバーガーとカツ丼とラーメンのスペシャルどんぶりにしてあげよう！」

「混ぜるなバカ叔母」

第一章　正義の刃《やいば》はやっかいだ

喫茶店のバイトで稼ぐに稼いだ春休みが明けて、始業式。

いつもの教室に登校し、クラスメイトたちと最後の交流をしてから体育館へと移動した。

結局何が言いたいのかよくわからない校長と、面白みがなく真面目なことを言っている美人な生徒会長の話を聞き流したあと、俺を含む生徒たちは体育館でクラス替えの告知を受け、新たな教室へと移動を開始。

春らしい穏やかな風が開け放たれた窓から流れ込んでいるが、廊下はいつも以上にがやがやと騒がしい。俺もわいわいと賑《にぎ》やかに行きたいところだけど、残念ながら知り合いが周りにいないためにそうもいかない。人の流れに身を任せることにした。

「さてさて……知ってる名前はあるかなっと」

辿《たど》り着いたのは二年C組。今日から一年間、俺はこの教室で過ごすことになるようだ。

廊下側の教室の窓にはクラスの名簿が張り出されていて、そこには俺の『杉野智樹《すぎのともき》』という名前もたしかに記されている。

自分の名前を確認したあと、上から順に名簿を眺めてみると、

「今年は景一《けいいち》が一緒のクラスなのか」

まず目に入ったのが『唐草《からくさ》景一』。

小学校からの仲で、親友と言ってもいいし、戦友と言ってもいいし、腐れ縁と言ってもいいような関係の友人である。

なんにせよ、同じクラスに話しやすい友人がいるのは助かるな。放課後遊ぶことも多いから、いちいち他のクラスの終礼を待つ必要もなくなるし。

まぁそれはさておき。

「小日向《こひなた》、か」

次に目についたのが『小日向明日香《あすか》』——他に小日向って名字の人は知らないし……たぶんあいつだよな。

どうやらあのミニマムな少女は今年一緒のクラスになるらしい。

嬉《うれ》しいか嬉しくないかと問われたら、まぁ前者ということで。関わることはないかもしれないが、視界に入れば目の保養になるからな。

間近で見たのもまだ自販機の前で話しかけた時の一回きりだし、彼女がどういう雰囲気の人物なのかは定かではないが、印象に残っているのはたしかである。少なくとも、きゃぴきゃぴした感じの女子でないことは間違いないだろう。

その後もひと通り名簿を眺めてみると、一年の時仲の良かった友人も何人かいた。楽しい一年間になりそうでなによりである。

顔は見覚えがあるけど名前は知らない新たな級友たちに交じって教室へ足を踏み入れると、教室の中心で男数人と話をしていた景一がこちらに気付いて声を掛けてきた。

「やったな智樹！　同じクラスだぜ！」

喜びを前面に押し出してくる景一に気恥ずかしくなり、俺はそっけなく手を振りながら「はいはいよろしく」と返事をする。

周囲の女子が景一の屈託のない笑顔にきゃーきゃーと騒いでいるのだが……当人は気付いてない様子――いや、こいつのことだから、わかっていて無視しているんだろうな。

「あとそっちの二人もよろしく――元A組の杉野だ」

俺はそんな風に新たなクラスメイトたちと簡単に挨拶を交わして、指定の席に着いた。

ありがたいことに、右から二列目の最後方の席である。座席表を見る限り基本はあいうえお順だが、視力が悪く前列を希望している人はすでに前に割り振られているようだ。早々に席替えをするようなこともないだろう。

俺が後方の席になって喜んでいるのは、なにも授業中に居眠りしてやろうとか、早弁してやろうとか考えているわけではない。単純に、人の視線が気になるからだ。

肘をついてクラスに入ってくる生徒をぼうっと眺めていると、なんだかオモチャみたいな足取りで、テコテコと小日向が入ってきた。肩に通学バッグを引っかけて、教室の中をキョロキョロと見渡しながら入室。それだけで、クラスの生徒たちがわっと盛り上がる。それにしても……周りに人がいたら余計に小日向が小さく見えるなぁ。頭一つ分ぐらいサイズが違う。

登場して約三秒で、彼女は早くもクラスのマスコットポジションが決定しそうな勢い――いや、最初から決まっていたと言っていいかもしれないな。別のクラスで、女子に大して興味のない俺ですら彼女の名前を知っていたぐらいだし。

「小日向ちゃん同じクラスなんだ！　よろしくね！」

「可愛《かわい》いーっ！　お人形さんみたいっ！」

「小日向は相変わらずちっこいなー、困ったことあったら言えよ。黒板消しは任せとけ！」

小さな体躯《たいく》を取り囲むようにして、クラスの男女が一斉に声を掛けている。

しかし当の本人と言えば、表情を変えないまま何度かコクコクと頷《うなず》くと真《ま》っ直《す》ぐ自分の席に向かい、ちょこんと椅子に座った。俺の三つ前の席である。名前順だから、そりゃ近くもなるか。

小日向に群がる生徒を見ながら、「あいつも大変だなぁ」と他人事《ひとごと》のように眺めていると、景一が興味なさげに小日向周辺をチラッと見たあと、俺の隣の席にやってきた。バッグを机の横に引っ掛けて、机の天板と椅子の座り心地を確認している。

「あれ、景一の席そこなの？」

「座席表見て気付いてなかったのかよ！　俺は隣が智樹で喜んでたのに！」

「悪いな。俺は自分が最後尾ってだけで満足してた」

俺の気の抜けた発言に、景一は額に手を当てて「かーっ」と呆《あき》れたようなジェスチャーをする。そしてそのまま流れるような動きでがくりと机に突っ伏した。

なんというだらけた表情……ぜひともその顔を雑誌に掲載してもらいたいものだ。タイトルは『唐草景一の日常』とかでいいだろう。

モデルとして活動しているとは思えない景一の表情に苦笑してから、俺は視線を前に戻す――すると、周囲のクラスメイトを気に掛ける様子もなく、顔を俯《うつむ》かせてマイペースにポチポチとスマホを弄《いじ》る小日向が目に入った。

そういえば、景一にあの話をしていなかったな。あの日は景一が仕事だったし、翌日の終業式はクラスで打ち上げがあったりしたから、すっかり伝えるのを忘れていた。

「そういや去年の終業式の前の日に、女子に声かけたぞ」

さして特別なことでもないようにぼそりと俺が呟《つぶや》くと、景一が勢いよく身体《からだ》を起こす。

「マジで？　話しかけられたわけじゃなく自分から？　事務的なやつでもなく？」

「おう。自販機の前でちょっと話したな」

はたしてあれは「話した」と言っていいのかわからないけど。コミュニケーションはたぶん取れていたはず。コクコク頷いてくれていたし。

「相手の女子はおとなしい系？　うるさい系じゃないよな？」

小日向はおとなしい系を通り越して無音系女子だろうなぁ――なんて考えが頭をよぎる。おとなしい系女子も彼女の前に立てば際立ってしまいそうだ。

「うるさい系はまだ無理かなぁ。声を掛けた相手はあそこのちっこい小日向だよ」

俺は周囲に聞かれないよう小声でそう言って、顎で前方を示す。

「小日向か――ってことは、会話はしてないいんじゃないか？」

「音声だけ聞けば俺が一方的に声を掛けただけみたいな感じだろうな」

返ってくる反応は全てボディランゲージだったし。

「だよなぁ……まぁでも、一歩前進には違いないだろ！　お祝いに今度学食奢《おご》ってやろうか？　なんでも奢ってやるぜ！」

「特定食でよろしく」

「一瞬の迷いもなく一番高いの要求する!?　遠慮はないの!?」

「ないな」

「断言！　だけどそこがカッコイイ！」

モデルというよりもはや芸人だな、こいつは。

まぁそれもこいつの魅力の一つなのかもしれないが。

景一とそんな他愛《たあい》のない会話をしていると、自分の名前を呼ばれたことに気が付いたのか、小日向が身体を九十度右へ、そしてさらに首を九十度右に曲げて俺の事を見てきた。

表情筋を一切動かさずに、ただただ彼女はジッとこちらを見ている。観察されているのか、ただ視線の延長線上に俺がいるだけなのかも判断し辛《づら》いほどの無だ。

小日向の周りにいるクラスメイトたちも、彼女に釣られてこちらに目を向けてきた。こちら――といっても、俺のお隣さんに向けてだけど。

「わっ！　唐草くんじゃん！　マジでイケメンだ！　サインとか貰《もら》えるのかな？」

「モデルの人ってサインとかあるの？」

「わかんないけど！　へへー、別のクラスに行った友達に自慢しちゃおー」

「唐草はいい奴《やつ》だぞ～。ただ、彼女作る気は一切ないらしいからそこは諦めとけよ」

どうやら彼らの視界には俺は映っていないらしい……もしくは言及するまでもない凡庸な人間ということだろう。後者であることを願うばかりである。

現役モデルと同じクラスになれたことで浮かれている様子のクラスメイト——その中心で、小日向だけは景一ではなく俺にジッと目を向けていた。たぶんそのことに気付いているのは、彼女の視線の先にいる俺と景一だけなのだろうけど。

しかし小日向はびっくりするぐらい無表情だから、どんなことを考えているかさっぱりわからんな——負の感情でないといいけど。

そんな風に思っていると、

「……ん？」

小日向の身体が、僅かに左右に揺れていることに気付いた。彼女は俺と目を合わせたまま、メトロノームのように一定のリズムでゆらゆらと身体を動かしている。

もしかするとあの動きは、表情のない彼女が何かしらの感情を表しているのかもしれないけど、残念ながら付き合いの短い俺にはわかりそうもない。

なんだかダルマみたいで可愛いな——そんな俺の感想は、きっと墓場まで持って行くことになるのだろう。

~放課後、とある女子の会話？~

『え？　例の自販機で助けてくれた人、同じクラスだったの⁉』

『………（コクコク）』

『そっかぁ、だからそんなに嬉しそうに揺れてるんだね。優しい人が同じクラスで良かったじゃん！　その人、名簿見て分かる？　あたしの知ってる人かな？』

『………』

『えっと、杉野智樹くん？　あっ──この人たしか、なんか変な噂《うわさ》が立ってた人だよね。……でも、明日香に聞く限り悪い人じゃないみたいだから、噂はデマってことなのかな？』

『………？』

『あぁ、明日香は知らないなら知らないでいいんじゃないかな。変な先入観持って接したら、杉野くんが可哀想《かわいそう》だし。もし噂が本当なら明日香に対してそんな行動とらないだろうからね』

『………』

『心配しなくても私意外と顔広いからさ！　いろんな友達に聞いて確認しておくから大丈夫だよ！　明日香は気にしなくてオッケー！　──あ……でも大丈夫かな？』

『………？』

『その自販機で助けてもらった時って、周りに他の人がいたか覚えてる？　明日香のことを大事に思ってる人って、すごく多いからさ。先走って変なことしないといいけど。――あっ、そもそも私、終業式の日に周りに人がいる状態で明日香とその話をしちゃってたね……』

『…………』

『うーん、私の心配しすぎかなぁ』

『…………？』

☆ ☆ ☆ ☆

学年が一つ上がったからといって、普段の暮らしにそこまで変化はない。

一年の時と同様に、学校に登校して、勉強して、たまに放課後遊んで、休日はバイトをして――そんな代わり映えのない日常を送ることになるだろう。

実にいいことである、平和が一番だ。

クラス替えがあったことで、人間関係に大きな変化が訪れるかとも思ったが、小学校からの幼馴染《おさななじみ》である景一が同じクラスにいたので、新たな友達を作るために奮闘することもなく俺はこいつと行動をともにしている。まぁ同じクラスにいたら他の男子と話すこともあるだろうし、時間が経《た》てば勝手に仲良くなっているだろう。

一年の頃と相違点があるとすれば、親友である景一が同じクラスにいるということと、怯《おび》えずに話せそうな女子がクラスにいるということぐらいだろうか。ただ、件《くだん》の女子は男女ともに絶大な人気を誇っているために、俺が彼女の日常に入り込む余地はなさそうである。

授業の合間の休み時間もちらっと小日向のことを見てみたが、彼女の周りには必ずと言っていいほど他の生徒が集まってきていた。

仲が良いというよりは、愛情が一方通行になっているような感じだったので、小日向は面倒に思ったりしないのだろうかと思っていたけれど、彼女は特に気にした様子はない。表情がわからないから、気付かないだけかもしれないが。

「二年になっても智樹は相変わらずおにぎりなのか……」

昼休み。

俺がバッグの中から取りだした自作のおにぎり二つを机に乗せると、呆れたような口調で景一が言ってきた。ちなみに彼の昼食はコンビニで買った菓子パンである。

特定食の奢りは気が向いたときにお願いしよう。

「買うのは勿体《もったい》ないし、弁当を作るのはだるいからな。その時間があったら寝るかゲームするわ」

「さいですか……でも智樹、そういうところケチなのにジュースは普通に買うよな。自販機も普通に使うし」

「ケチとか人聞きが悪いこと言うんじゃねぇよ！　欲しい物を欲しい時に買いたいから、こういうところでは節約するしバイトもするんだ。それに親父《おやじ》からの仕送りでゲームとか買いづらいだろ」

「学生なんだからもっと親を頼ってもいいと思うけどなぁ。智樹はちょっと頑張りすぎじゃね？　もっと気楽にいこうぜ！」

「お前も働いてるだろうが」

「それもそうか！」

　はっはっはっ――と笑う景一にジト目を向けていると、景一のすぐ後ろの戸がガラッという音を立てて開かれた。昼休みだけあって教室の中は騒がしく、そこに目を向ける生徒はほとんどいない。

　開いた戸口からは、緩いパーマのかかった明るい髪の女子生徒がひょっこりと顔を出した。彼女の後ろには、さらに二人の女子が見える。

　三人が三人とも、顔を見るだけで活発な印象が浮かんでくるような女子たち――俺が特に苦手としている部類の人種だ。話しかけられないことを祈るばかりである。

「ねぇ、ちょっと聞きたいんだけど」

神は死んだ――って、ふざけてる場合じゃないですね、はい。

その女子生徒は、時折教室内を見渡しながら俺に問いかけてくる。配置的に、一番声を掛けやすい位置にいたのが俺だからだろう。

見るからによく喋《しゃべ》りそうな感じで、はっきり言って苦手だ。しかも彼女の背後には二人の女子がいる。俺に話しかけてきているのがひとりだけというのがまだ救いだけど、この状況だけでも鳥肌が立つには十分な材料が揃《そろ》っている。俺の目の前にイケメン男子がいるんだからそっちに話しかけてほしいところだが、残念ながら景一は壁に背を付けていて彼女の視界には入っていない模様。

「どうした？　誰かに用事か？」

一時は喜んでいたこの最後方の席を恨みながら、俺は見知らぬ女子生徒へと質問した。

「うん。杉野って人に話があるんだけど……教室にいる？　それとも学食行った感じ？」

杉野って名字の奴、このクラスに俺以外いないよな……いてくれないかなぁ。目の前のこいつ、今日から杉野景一を名乗ってくれないかなぁ。……はぁ。

「杉野は俺だが……すまん、面識あったか？」

顔が引きつるのを堪《こら》えながらそう答えると、明るかった表情が一変――彼女はムッとした表情を浮かべた。

俺が杉野だとなんか不満でもあんのかゴルァ！　なんてことはもちろん言わないですよ。トラブルの元ですからね。はい。

後ろにいる女子生徒たちも睨《にら》むとまではいかないが、心地が良いとは言えない視線を俺に向けている。この視線を気持ちよく感じるようになったら病気を疑わなければいけないだろう。

「あなたが杉野だったのね。悪いけど放課後、中庭に来てくれる？　話があるの」

もう少し恥じらいつつ、頬《ほお》を赤らめて甘い雰囲気で言ってくれたら俺もどぎまぎできたというのに、どこからどうみても良くない呼び出しですね。それぐらいわかりますとも。

いきなりの態度の変化に俺が戸惑っているうちに、彼女は言いたいことだけ言うとすぐにその場を去っていった。後ろにいた女子生徒二人も、彼女に続いて一緒に帰っていく。

いや、そもそも俺が放課後に用事あったらどうするんだよ。せめて了承の返事を聞いてからにしろや。

ぴしゃりと閉められた戸を呆然《ぼうぜん》と見ていると、景一が眉を寄せながら話しかけてきた。

「トラブルの予感だなぁ。そして智樹の一番苦手なタイプだろ、あの子たち。こっちの言い分聞く気なし。もういっそのこと無視しちゃってもいいんじゃね？　どんな理由があるにせよ、失礼だ」

景一も俺と同じように、彼女が閉じた戸に目を向けながら険しい表情を浮かべた。というか、俺以上に景一のほうが憤慨しているような雰囲気まである。

「……それはそうなんだが、同じ学校なんだしいつまでも無視はできないだろ。理由も気になるし、放っておくのも良くない気がする。というか無視したら逆に状況が悪化しそうで怖い」

まぁ、ポジティブに考えればこれも苦手克服に繋《つな》がるかもしれない。

中学生の時に比べたら、女子に対する苦手意識もそこそこマシになってきたことだし、そろそろ普通に話せるようにしておきたい。恋愛、興味ありますし。

しかしいったいなぜ一切の面識がない女子から、嫌悪の眼差《まなざ》しを向けられて呼び出しを受ける羽目になってしまうのか。

日頃の行いはそんなに悪くないはずなんだがなぁ……強いて言えば、先生が過去の武勇伝等で授業から脱線したときに居眠りするぐらい。あとは、ときどき景一などの友人をからかうことぐらいか。

「マジでもう一回ぐらい厄払い行ってこようかな……」

「ははっ、そん時は一緒に行こうぜ！」

景一は笑顔でそう言うと、俺の背中をバシバシと叩《たた》いてくる。

救いなのは、過去の事件の関係者たちは余すことなく全員、俺に味方してくれるってことだろうな。

☆☆☆☆

五限目と六限目の間。

俺は紙パックのグレープジュースを求めて学食にある自販機を目指していた。

今回に関してはどうしてもこのタイミングで飲み物が欲しくなったというわけではなく、隣の席にいる景一の周りにきゃぴきゃぴした女子たちが集団でやってきたから逃げてきただけだ。つまり脱走の言い訳ついでにジュースを買いに来たというわけである。

学食へ繋がる人気のない二階の渡り廊下を通っていると、後方から微《かす》かな足音が聞こえてきた。振り返って見ると、そこにはテッコテッコと元気に手を前後に振りながら歩いている小日向の姿。

どうやら彼女も飲み物を買いにやってきたらしい。終業式前日と似たような状況だな。

俺は前方へ進めていた足を止めて、小日向の到着を待ってみることに。

「――よ。小日向もジュースか？」

そう問いかけると、彼女は俺の前で立ち止まってコクコクと頷《うなず》いた。そして俺が歩き始めると、彼女もまたテコテコと隣を歩き始める。

「そういえば去年もだけど、なんでお前はこっちに来たんだ？　あの自販機にしか欲しいのがない感じ？」

「…………（コクコク）」

「なるほど――イチゴオレだろ？」

「…………（コクコク！）」

この自販機にしかないジュースをあてずっぽうで言ってみたのだけど、どうやら俺は一発目で小日向が求めていた飲み物を的中させてしまったらしく、彼女は俺のことを大きく見開いた目で見ながら大きく頷いた。そして歩きながら、小さな手をペチペチと叩いて拍手してくれる。驚愕《きょうがく》、そして称賛ということだろう。

相変わらず表情筋は動いていないけれど、瞼《まぶた》や手の動きでだいたい彼女の感情は理解できた。

「どうもどうも……というか小日向、こっちばかり向いてないで前を向いて歩けよ。コケても知らんぞ」

小日向から向けられる称賛が少し気恥ずかしかったので、ややぶっきらぼうな口調で言う。彼女は俺の言葉を聞いてコクリと頷いたのち、前を向く。そして再びブンブンと手を大きく振りながら歩き始めた。

心なしか、俺の後ろを歩いていたときよりも大きく手を振っているような気がする。俺のなんちゃってエスパーに感動でもしたのだろうか。

やがてというかそのすぐあと、俺たちは自販機の前に辿《たど》り着いたので、まず俺がパパッと自分の分のジュースを購入。ここまで一緒に来たのに、彼女を置いて先に教室へ帰るのも冷たい感じがしたので、小日向が購入するのを待つことにした。

「今日はお金を落とすなよ？　振りじゃないからな？」

そう声を掛けてみたが、ウサギ型の小さな財布から小銭を取りだそうとしている小日向は、集中しているのか俺の言葉に一切反応しない。その代わり、小銭を自販機に無事投入し終えると、彼女はこちらを向いてふすーと自慢げに鼻息を吐いていた。

自販機にお金を入れて褒めてもらえると思っている女子高生が、この地球上にはたして何人いるのやら。ちなみに俺がこれまでの人生で確認できたのは目の前の一名のみである。

「……良くできました」

「…………（ふすー）」

これで褒めるのもどうかと思うが、小日向はとても満足そうな雰囲気を醸し出しているのできっと俺の対応は間違っていなかったのだろう。

小日向とのやりとりをはたして『会話』という言葉を用いていいのかはわからないが、やっぱり彼女とは話しやすいな。

☆　☆　☆　☆　☆

放課後、名も知らぬ女子生徒に言われた通り中庭に向かうと、数組のカップルの他、地べたに座って談笑する男女の集団——それに加えて、一人で木陰に座って地面を眺めている小日向の姿があった。

「今日は小日向を良く見る日だなぁ」

同じクラスになったからってのも理由の一つではあるだろうけど、俺が彼女を視界に入れても何も思っていなかっただけという可能性もある。どうやら俺は自販機の一件以来、少々彼女のことを意識してしまっているようだ。だからどうしたって話なんだけども。

というかいったいあんなところで何をしているんだろうか。誰かと待ち合わせか？

「ダンゴムシ——いや、ハリネズミ？　アルマジロ……」

そんな独り言をつぶやきながら、クラスメイトとなった少女を眺める。

小日向が膝を抱えて丸まっていると、余計に小さく見えるなぁ。クラスメイトたちが愛《め》でるのも当然だと思えるほどに、小動物チックな体勢だ。

辺りを見渡してみたが、どうやら約束の相手はまだ来ていないようだ。

何もせず待ちぼうけるのも時間の無駄だろう——ということで、俺は中庭の芝生を踏みしめながら彼女へ近づいていった。同じクラスになれたんだから、どうせなら仲良くなっておきたいし。

なんといっても彼女はこの学校でただ一人、俺が話しかけやすい女子生徒だからな。つい数時間前に一緒に自販機で飲み物を買った仲だし、あからさまに嫌悪されることもないだろう。

「何をしてるんだ？」

腰を屈《かが》ませながら問いかけると、彼女は俺をチラッと見上げて、すぐに視線を下に戻した。彼女の視線の先では、蟻《あり》がせっせと餌らしき物を運んでいる。どうやら彼女の価値観的に俺は蟻以下らしい。なんとなく予想できた反応だが、ちょっと悲しい。

「蟻を見てたのか？」

その質問に小日向は視線を蟻に固定したままコクリと頷いた。

まさか高校の中庭で蟻の行進を眺める生徒を見ることになるとは思わなかったけど、別に俺も嫌いじゃないんだよなぁ。蟻がせっせと仕事をする姿は見ていて飽きないし。周囲

の目のことを考えると、変な目で見られそうだから積極的にはやらないが。

彼女は周りの評価とか、そういうことをあまり気にしたりしない性格なのかもしれないな。良くも悪くもマイペースということなのだろう。俺も彼女の生き様を見習いたいものである。

「暇つぶしに俺も見ていていいか？　待ち合わせ相手が来たら、退散するからさ」

彼女の無言は、俺にとってとてもありがたい。びくびくと怯《おび》える必要がないからだ。自分の意見を押し付けることしかしない女子は苦手だ。

その点、小日向は何も喋《しゃべ》らない、意見がない、そもそも話しかけてこない。つまりは平和である。彼女が誰かと言い争うなんてことは、それこそ天文学的確率に等しいだろう。

小日向が首を縦に振ったことを確認した俺は、彼女と同じように膝を抱えて蟻を眺める。

蟻たちはときどき蛇行しながらも、一本のラインを崩すことなくせっせと働いている。

その周りではちらほらとサボっている蟻もいて、なんだかほのぼのした。人間味のある奴《やっ》らだ。蟻だけども。

しばらく眺めていると、一匹の蟻が自分の体軀《たいく》の何倍もある荷物を運んできた。時にふらふらとして、落としたかと思えばもう一度摑《つか》んで。

「――おおう、大丈夫かよ。お前には荷が重いんじゃないか？」

思わずそんな独り言を漏らしてしまうぐらいに、蟻はあっちへふらふら、こっちへふらふら――前後左右によろめきながら必死にお食事を運んでいた。

ひとり暮らしを一年以上続けている影響か、最近独り言が多くなってきてるんだよなぁ……ちょっと気にしたほうがいいかもしれない。学校ならまだしも、街だと不審者に思われかねない。

そんなことを考えながら、奮闘する一匹の蟻を眺めていると、

「小日向？」

どうやら小日向も隣で俺と同じ蟻を見ていたらしく、彼女はひょいと指先で蟻が運んでいた荷物をつまんだ。荷物を運んでいた蟻も、ワタワタとしながら一緒に持ちあげられている。

そして彼女は、蟻たちの進行方向の終点、巣穴の近くにその荷物をそっと置いた。そして斜め下から、パッチリと目を開き俺の顔を見上げる。そして顔を上下に振った。

「あぁ、うん。そうだな。きっと蟻さんも助かったって思ってるぞ」

相変わらずの無表情なのだが、俺にはなぜか「助けてあげたよ」と言っているように見えた。小日向はただ頷いているだけなんだけども。

俺の返答を聞いた小日向は、満足したようにもう一度大きく頷くと、ふすーと鼻から息

を吐いて再び視線を蟻の元へと戻す。「まるで小さな子供でも見ているみたいだなぁ」と、俺は思わず苦笑してしまった。

さて――全てを忘れてこのまま帰宅したいところだけど、残念ながらそうするわけにはいかない。面倒事は早々に片付けるに限る。

「――よっこいせっと」

そろそろあの女子が来ている頃だろう――そう思い、膝に手をついて立ち上がる。周囲を見渡してみると、例の女子生徒三人の他、さらに二人の女子を加えた合計五人が、中庭の中心にいることを発見してしまった。なんで増えてんだ。

「もはやいじめじゃないかこれ？　○○戦隊に挑む敵役ってこんな気持ちなのか？」

もうすでに吐きそう。景一の意見を参考に無視して帰りたい。

だがそれだと後々面倒なことになりそうだし、気になっちゃうからなぁ。やっぱり早く解決しとくべきか。

別に俺はやましいことを何もしていないんだし、一分足らずで話が終わることを祈っておこう。景一も教室に待たせていることだし。

「じゃあ、俺はなぜか呼び出されているみたいだから、もう行くよ。また明日学校で」

未《いま》だに蟻を眺め続けている小日向にそう声を掛けると、彼女はこちらを見上げてコクリと頷いた。相変わらずの無表情である。

いったいあの小さな頭の中では、どんな思考がなされているのやら。

芝生をサクサクと踏みしめながら中庭の中央へ近づいていくと、こちらに気付いた女子生徒は鋭い視線をこちらに向けてくる。思わず回れ右しそうになったが、気合で足を前に踏み出した。

しかしなぜ好感度がマイナス域に入っているんだ……別にこの女子たちの好感度なんざどうでもいいんだけど、理由も分からず嫌われているのは癪《しゃく》だな。

「やっときたわね、杉野」

「あぁ、杉野がやっときたぞ」

俺のほうが先に来ていたけどな――なんて捻《ひね》くれた回答を頭の中では思い浮かべている。待機していたわけじゃないから、何も言い返すことはしないけど。

「それで、楽しいお話って雰囲気じゃなさそうだが、いったいこれは何の呼び出しなんだ？　できれば友達を待たせているから、早めに終わらせてほしいんだけど」

俺は可能な限り、一歩前に出ているリーダー的雰囲気を持った女子生徒だけを見るようにして話をする。他の女子は人体模型とかマネキンだということにしておこう。

同年代の女性、複数人、猪突猛進《ちょとつもうしん》的性格――トラウマオンパレードだ。俺の精神をいたぶるためだけに集まったかと邪推してしまうほどの状況である。

「単刀直入に聞くけど……杉野、あなた明日香ちゃんをたぶらかそうとしてない？」

先頭の女子は俺を睨《にら》みながら、そんな言葉を掛けてきた。

たぶらかす？　アスカちゃん？　……いや、マジで意味がわからん。そもそも女子が苦手な俺にたぶらかす技量があるとでも思ってんのかこいつは。オブラートに包んだ嫌味《いやみ》か？

「まずそのアスカちゃんが誰なのかわからない」

とりあえず会話を進めるために、前提の疑問を解消することに。

なんとなく聞き覚えのある名前だけど、名字ならともかく、女子の名前なんてほとんど記憶していないからなぁ。下の名前なんて普通に学校生活を送る上で必要のない情報だし。

「小日向ちゃんよ、小日向明日香」

「あぁ！　はいはい、小日向か！　そう言えばそんな名前だったな！」

頭の中のモヤモヤが形を成して、思わず俺は手の平にポンと拳を落とした。聞いたことは無かったが、見たことはあったのだ。クラス名簿で今朝見たばかりである。

しかしなぜ小日向がこの呼び出しに関係しているのかはわからない。

俺と小日向の関わりなんて、こいつに呼び出しを受ける前じゃ自販機の一件ぐらいしかないぞ？　さすがにあのやり取りを悪く言われることはないと思う。むしろ褒めていただきたいぐらいだ。

まだ小日向は蟻を眺めているのだろうか——そう思って先ほどまでいた木陰に目を向けると、話題の主である小日向は蟻観察を止《や》めており、いつの間にか現れた別の女子生徒と一緒にこちらをジッと見ていた。女子生徒のほうは、何かを口にしながら不安そうな表情を浮かべている。

あちらも気になったけど、俺は視線を小日向たちから正面の女子生徒へと戻した。

「——それで、小日向をたぶらかしたって話だったか？　ちょっとお節介をやいた覚えはあるが、たぶらかしたなんて言われることはしていないぞ。あいつが自販機で落とした金を拾ってやっただけだ」

本当にただそれだけ。手法はちょっと普通と違ったけれど、それで何かが変わるわけでもないし。

「うん、私が聞いた話もそんな感じ。でもあなたの噂《うわさ》を考えると、何か裏があるんじゃないかって思うわけよ。あなたも張本人だから、疑われても仕方がないってことはわかるでしょ？」

険しい顔つきのまま、女子生徒は首を傾《かし》げる。

あー……やっぱりそういうことか。そりゃ痛いほどわかりますとも。

中学の三年間は嫌悪と侮蔑の視線にさらされまくっていたからな。冤罪《えんざい》で。

当時は同じ小学校の人がそのまま中学に来たから、疑われても仕方のないような状況だったけど、まさか高校にまでなってこんな状況になるとは……人の噂は七十五日を限度にしてもらいたいものである。千日超えた過去をわざわざ引っ張ってくんなよ。

「――暴力、それに恐喝。過去にそんなことをしていた人を、明日香ちゃんに近づけるわけにはいきません！　もし明日香ちゃんに危害を加えるつもりならば、この私が命に代えても成敗します！」

主だって俺と話していた女子生徒の背後から、人体模型だと思っていた眼鏡をかけた女子がハキハキとした口調で言う。

いやいや『命に代えても』とか『成敗』とか何を言ってんだこの女子は。

前半部分よりも後半部分の発言が気になってしまったが、ひとまず「それは誤解だ」と口にしてみたのだけど、続く女子の発言に塗り替えられてしまった。

「小日向ちゃんが可愛《かわい》いのはわかるけど、無理やりはよくないと思う！」

こ、こいつらは……まじで人の話を聞かねぇな！　俺に喋《しゃべ》るターンをくれよ！　というかどこに無理やりの要素があるってんだ！

などと考えているうちに、また別の女子が「だいたい学食の掃除って生徒はしないはずだし、なんかおかしいよね」と口にしながら、こちらに訝《いぶか》しむような視線を向けてきた。

再び「誤解だ」と口にしようとしたら、他の女子からまた言葉を被《かぶ》せられてしまい、また俺の発言が通らなかった。

はぁ……もう最悪だ。やめてくれ。これ以上、口を開かないでくれ。

徐々に頭から血の気が引いていき、胃液が重力に逆らって上昇していく感覚がする。

中学の頃は、「あいつはヤバいから関わらないほうがいい」――そんなことをコソコソと話している同級生を何度も見かけた。さすがにこうやって面と向かって言われたことはなかったが、内容は似たようなもんだ。

どうやらこの女子たちは、どこかで俺の小学校の頃の噂を聞きつけたらしい。

気持ちを落ち着かせるために、俺は鼻から息を大きく吸って、静かに口から吐き出した。それを何度か繰り返す。

顔は平静を装っているつもりだが、正直言っていつ吐いてもおかしくないぐらい気分が悪い。もうあの頃のように、女子と対立するのは百害あって一利なしだ。

当時のクラスメイト――景一たちとの仲が深まったことだけは、良かったのだけど。

「お前たちが俺を疑っているのはわかった。俺の評判は最悪で、あいつは人気者だからな。

俺みたいに怪しい奴《やつ》が近づいたらそりゃ気に掛けるのもわかるよ」

ようやく自分の発言が通ったけれど、残念ながら俺に誤解を解く気力は残されていなかった。一刻も早く話を切り上げてこの場を立ち去りたい衝動に駆られ、ややぶっきらぼうな物言いになってしまった。

「……別に怪しいとは言ってないけど」

いやいや、疑うってことは怪しいって思ってるのと同じことでしょうが！　人を放課後に呼び出しておきながらいったいこいつは何を言っているんだ。

そうツッコみたいけれど、口にしたって話が面倒な方向に転がるだけだろう。これ以上話が長引いて俺がこの場で嘔吐《おうと》したら、誰も幸せにならん。廊下なら拭き取り掃除も楽だけど、芝生の上は面倒くさそうだ。

「そうか……だけどもういいよ。俺は小日向に話しかけない。だからもうこの話は終わりでいいか？　いいよな？　最初にも言ったけど、友達を待たせてるんだ」

本音を言えばすぐにトイレに駆け込みたい。もちろん、尿意ではなく吐き気が理由である。俺のことを待ってくれている景一に関しては、スマホに一報入れておけば問題ないだろう。

元より、俺は別に小日向に対して特別な感情を抱いているわけではないのだ。クラスメイトとして必要な会話以外しなくとも、なんら支障はない。せいぜいトラウマ解消の助けになってくれるかなと期待していたぐらいだ。

仲良くなりたいという気持ちも少しあったけれど、こんなことになるなら俺には無理だ。俺には荷が重かった、ただそれだけの話である。

「それなら、私たちからは別に……ねぇ？」

先頭に立つ女子は俺が小日向に固執しているとでも思っていたのか、困惑した表情を浮かべながら後ろにいる四人の反応を窺《うかが》う。彼女は周囲の女子生徒が躊躇《ためら》いがちに頷《うなず》いたのを確認すると、眉をハの字に曲げてからこちらに向き直った。

「でも、杉野はそれでいいわけ？　その、明日香ちゃんと仲良くなりたいとか思ってたんじゃないの？」

「……別に、たまたま話しかけただけだから」

よく喋る女子が苦手な俺にとって、小日向の『無口』という特徴は願ったりかなったりだった。だけどそれは俺ひとりの問題であり、別に小日向を巻き込む必要はない。

その言葉を最後に、俺たちはお互いに口を開かなくなった。数秒の間、お互い視線を合わせたまま沈黙の時間が流れる。

口の中に広がる酸の味に辟易《へきえき》していると、俺と対峙《たいじ》している女子五人の後ろから、女子二人がこちらに向かって真《ま》っ直《す》ぐに歩いてきているのが目に入った。先ほど見かけた小日向と知らない女子である。

なぜこちらに向かってきているのかはわからないが、これ以上目の前に女子が増えるのは勘弁願いたい。必死にせき止めている胃液と昼食のおにぎりの残骸を、無様に中庭にまき散らすことになりかねない。

「……小日向には近づかない。だからもう、こういうことはこれっきりにしてくれ。俺は女子が苦手なんだ」

俺は目の前の五人に向けてそう口にすると、逃げるように早歩きで中庭をあとにした。一刻も早くこの場を離れたくて、俺は彼女たちの返事をまたずしてその場を去った。これが彼女たちの望みなのだから、文句は言われないだろう。

～景一 side～

「ちょ、ちょっと！」

ふらふらと歩く智樹の背に声を掛けるのは……この前ウチのクラスにやってきた二年E組の生徒だな。名前は……なんだったたっけ。

心配になって二階の窓から様子を見ていたけど、残念ながら和解はできなかったようだ。険悪な雰囲気だったたし、おそらく彼女たちは智樹の噂を鵜呑《うの》みにしていたのだろう。そして誤解も解けぬまま、解散って感じだろうか。

上手《うま》くいけば智樹の苦手克服に繋《つな》がるかと思っていたけれど、完全に逆効果。力づくでも止めておくか、一緒にあの場に立つべきだったな……失敗した。

「……吐きに行ったか。しばらくはあそこにいるだろうし、先にこっちと話すとしよう」

階段を駆け下りて、智樹がヨロヨロとトイレがある方へ向かっているのを確認してから、俺は呟《つぶや》く。

「せっかく智樹が過去を振り切って前に進もうとした矢先に……これだもんな。厄払い、マジで行くべきかもしれねぇ」

あいつは真剣に祈りそうだ……と苦笑しながら、足が向かう先は中庭の中央。困惑した様子の女子五人、それに小日向と……あれは、元B組の冴島《さえじま》だな。

冴島と小日向は幼馴染《おさななじみ》って聞いた事があるから、喋らない小日向の代わりに事情を聞きに来たってところだろうか。

彼女も小日向とまでは言わないが、学年ではかなり有名な人物である。たぶん智樹は名前すら認識していないだろうけど。

やや明るめの茶髪で、肩にかかるぐらいのミディアムヘア。少し距離があるからあまりよく見えないけれど、前髪にはキラキラしたヘアピンが付けられているようだ。

冴島は顔が可愛くて、性格も明るくて、人当たりも良い。彼氏がいて当然のような人物なのだけど、恋人云々《うんぬん》の浮いた話は一切聞いたことがない。俺も人のことを言えた立場じゃないが、なにか理由がありそうな女子だ。

七人に向かって一直線に歩いていくと、主だって智樹と話していた女子生徒がこちらに気付いて声を掛けてきた。

「か、唐草景一くんっ⁉　ど、どうしたの急に⁉　あ、お、お初お目にかかりましゅっ！」

「ははっ、なんで敬語なんだよ。同学年だろ」

しかも最後の最後で噛《か》んでるし。ドジっ子路線で攻めるつもりなのかこの女子は。

「で、でも唐草くんは、その、現役のモデルだし、一段上の存在というかなんというか」

「そんなに持ちあげるなよ。ちょっと雑誌に載せてもらっているだけなんだから」

そもそも彼女が教室に来て智樹と話していたとき、俺はすぐ近くにいたんだけどな。気付いていなかったようだから仕方ないことなんだけど。

さて……あまり無用な長話をして、智樹を放置するのも心配だ。さっさと本題に移ろう。

「それで、あいつとは何の話をしていたんだ？　わいわい楽しいお話って感じではなさそうだったけど」

「は、はい。えっと実は――」

結局、丁寧な言葉遣いは継続するらしい。先頭の彼女と同様に、他の四人も同じく背すじをピシッと伸ばしている。それに対して小日向はいつもどおりの無表情で、冴島は俺の話を真剣に聞こうとしている様子。

Ｅ組女子が話の流れを説明し終えたあと、俺は思わずため息を吐《つ》いた。するとＥ組女子は、「杉野に悪いことしちゃいましたかね」と苦笑しながら口にする。

彼女以外のＥ組女子もなんだかやるせない表情をしていたが、小日向と一緒にやってきた冴島だけは眉間にしわを寄せ、Ｅ組女子たちを睨《にら》んでいた。

俺も冴島と同じく怒りをあらわにしたいところだが、抑える。俺は「そうだな」と苛立《いらだ》ちが顔に出ないようにしながら返事をした。

「君らさ、一度も当事者に話を聞いてないだろ？　あれ、事実がねじ曲がって噂《うわさ》に尾ひれがついただけだからな」

「…………へ？」

「あいつはそもそも女子に一度も手をあげたことがないし、恐喝なんてしたこともない。小学校じゃ怒鳴り合いぐらいなら日常茶飯事だったけど、それはお互い様だからな」

「そ、その、唐草くんはなんで知ってる——」

「俺は智樹と小学校からずっと親友だから」

そう答えると、E組女子の顔からスッと血の気が引いていくのが見て取れる。俺に嫌われるのが嫌なのか、自分の勘違いを理解したのかはわからないが。

「ちなみに恐喝ってやつは、俺たちが中学一年の頃、噂のせいで智樹がひどい扱いを受けているのを知った当時のクラスメイトたちがあいつに謝りにいったんだ。それを遠目で見た生徒が流したクソみたいな噂だな」

俺が吐き捨てるようにそう言うと、E組女子はおろおろとした様子で身体《からだ》を小刻みに震わせていた。

小日向は静かに地面に視線を落としており、冴島は慰めるように小日向の背中をさすっている。俺から見た小日向は無表情でしかないんだが……冴島の行動から考えると落ち込んでいるのだろうか？

「じ、自販機の件はどうなんですか？　杉野が嘘《うそ》をついたのは事実ですよね!?　だってあそこは生徒が掃除する範囲じゃないですもん！」

現実を受け入れられないのか、自分の非を認めたくないのか、別の女子がそんなことを言ってきた。なんとかして自分たちの行動を正当化したいってところか。

「だいたいそれ、そんなに悪いことか？　たとえ嘘を吐《つ》いていたとしても善意の行動じゃないか。男がカッコつけるぐらい、別にいいだろ。それに、それをきっかけにあいつが何か要求したか？　してないだろ？　しかも今回にいたっては、智樹があの場所を掃除したのは事実だし」

「でも先生は学食の掃除はおばちゃんたちがしてるって――」

「実際に朱音《あかね》さん――学食で働いている人に聞いてみればいいさ。あいつはひとり暮らしだから、掃除の報酬にご飯もらってるんだよ。金曜日とか、終業式の前の日とかの廃棄が多い日だけだがな」

「……うそ……じゃあ本当に？」

そこまで説明して、ようやくE組の女子たちは全面的に自分たちに非があると認めたらしい。おろおろとした様子で、五人で相談を始めてしまった。小日向も俯いたままだし、冴島の表情も明るくない。完全に俺が悪者みたいになってしまっている。

「……ま、俺が言いたいのは、智樹は噂通りの奴なんかじゃないってことだ。親友として、あいつが誤解されているのは見過ごせないからな。あいつはいい奴だ――それは間違いない」

そう言葉を締めたあと、俺は今後こういった間違い――というか、彼女たちがさらに智樹を苦しめることがないよう、あいつが女子複数人を前にしたら平常心ではいられないことを話した。

相手が一人や二人だったら、女子が苦手な智樹でも冷静に誤解を解くこともできていたかもしれないが、この人数ではさすがに無理があったらしい。

人の内情を本人に無許可で話すのはよろしくないかもしれないが、この女子五人が智樹の元に押しかけて一斉に謝罪でもしようものなら、またあいつは吐いてしまうかもしれないからな。智樹にはあとで謝っておこう。特定食の奢りを要求されそうで恐ろしいが。

「そんな……私、杉野になんてひどいことを……」

小日向を守りたいという彼女たちの気持ちは理解できないでもないが、やはり善意で振りかざす刃《やいば》ほど厄介な物はない——と、俺は再確認した。

言いたいことを言い終えた俺は、智樹が心配なので「じゃあ」と手を軽く上げてから踵《きびす》を返す。

とりあえず、ふらふらのあいつを家まで送り届けないとな。

～智樹 side～

小学校五、六年の頃——俺がいたクラスでは男女がよく衝突していた。始まりはとても些細《ささい》なことだったと思う。落とした消しゴムを蹴とばしてしまったとかそんな感じだ。ちっぽけで、しょうもないことだ。

あのクラスに問題があったとすれば、女子のバランスがとれていなかったことだろう。物静かな生徒や、明るい生徒。マイペースな生徒や、協調性のある生徒。偏りはあったとしても、それらの特徴をもった人間というのは少なからずいるはずだ。

だが、俺のいたクラスの女子はそうではなかった。

全員が正義の名の許《もと》に動き、全員が率先して発言する。

当時、男子の意見を代弁する——いわゆるリーダーのような位置にいた俺は、女子の集中砲火の対象となっていた。

友達の誤解を解こうとしても、彼女たちはこちらの話を聞くこともなく、ただただ言葉の刃で切り付けてくる。相手が落ち着いたところで俺が話そうとしても、彼女たちは俺の言葉を遮ってまた正義を叫んだ。

俺が複数人の同年代女子を前にして嫌悪の感情を抱いてしまうのは、そんな過去が原因となっている。

トイレの前で何食わぬ顔で待っていた景一と合流し、二人で俺の住むマンションへと向かった。会話はまったくといっていいほどなかったが、気持ちを落ち着けるのにはその無言が俺にはありがたかった。

学校を出て約十分後——マンションに辿《たど》り着く頃には、俺の気持ちもいくらか落ち着いていた。

「どうせどっかで見てたんだろ」

俺が通学バッグを学習机の上に置いてベッドに腰かけると、景一は慣れた様子でカーペットの上にあぐらをかく。

「まぁな。だって気になるし——あ、一応智樹がトイレ行っている間に、E組女子たちの誤解は解いておいたから。あと、また面倒なことにならないよう、女子が苦手だってことは話させてもらった」

「景一は悪意を持ってそういうこと言わないだろうし、別にいい。そもそも女子が苦手ってことは自分で言ったからな。というかE組女子ってあいつらのことか？　クラス替えがあったばかりなのに、良く覚えてるな」

「何人か見覚えあったし、襟のバッチを見たらE組だったからな」

俺には奴《やつ》らの襟を気にする余裕なんてなかったな。

「……ま、どうでもいい情報だ。しかし、五人が目の前に来たときは本気で辛《つら》かったわ。トラウマオンパレードだった」

「ははは、たしかに。根っこから悪い人じゃないってのがまた、小学生の時と似てるよな」

「本当にな、タチが悪いよ」

景一の言葉に、俺はため息交じりで答える。

そう、あの女子が口にしていた内容は、結局のところ小日向を守りたいと思っての言葉なのだ。ボタンの掛け違いによって、あんな結果を生み出してしまったわけだけれど。

「俺としてはちょっと残念だけどな。小日向は喋《しゃべ》らないから、女子の中では一番話しやすかったし。だけどあんな風にボディガードが出てくるなら無理だ。やっぱり普通に女子と喋れるようになるのは、あと数年ぐらい必要かもしれん」

女子が苦手なのはたしかだけど、普通の高校生みたいに恋愛したいのもまた事実。だけど、自分でもどうしたらいいのかよくわからない。

もういっそのこと、青春したければ引きこもりの女子とかをターゲットにするべきなのだろうか？　いわゆるネット恋愛みたいな——それも悪くないかもな。

「え？　なに？　もしかして智樹って小日向のこと好きなの？」

景一は目をキラキラとさせて、新しいオモチャを見つけた子供のように俺を見てくる。

こいつには人のことより自分の恋愛をなんとかしろよと言いたい。モテる癖に本人は興味がないの一点張りだからな。男性の機能が正常に仕事をしているのか怪しい。

「好き——とはちょっと違うかな。たしかに小日向は顔も整っているし、ちょこちょこして可愛《かわい》いと思うけど、なんかピーナッツとかクリとかあげたくなる感じだ。見ているだけで癒《いや》される。だから彼女にしたいって感じじゃないかな」

「それペットじゃん。気持ちはなんとなくわかるけど」

「なるほど——言い得て妙だ。だがその発言は小日向に失礼だぞ」

俺の言った言葉もたいがい失礼だと思うけど。

「それもそうか。ごめんな小日向」

景一はそう言うと、ベランダに向かって頭を下げた。そっちの方向にはたして小日向がいるのかどうかわからないけど、俺も景一に倣《なら》って「すまん」と頭を下げた。

第二章　罪悪感とありがとう

翌日、いつも通り景一《けいいち》と学校に行って席に着くと、クラスメイトの男子が寄ってきた。

高田陽介《たかだようすけ》――サッカー部に所属しており、かなり社交的な人物だ。あまり意識したことはないが、もしもスクールカーストなんてものがあったとしたら、間違いなく上位に位置するような人物である。

「おっす杉野《すぎの》、唐草《からくさ》。昨日中庭でトラブってたらしいな。知り合いから聞いたぞ」

高田は軽く手を上げて挨拶したのち、さっそく話題を振ってきた。中庭にはわりと人がいたし、どこからか漏れていても不思議はないか。

「おはよう高田。というか昨日の今日でもう聞きつけたのか、相変わらず耳が早いことで――しかしなんで確証を得ずに行動に移せるのか、俺には理解できねぇ。文句を言うなら証拠を揃《そろ》えてからにしてほしいもんだ」

「本当になー。って言っても、俺も最初は疑ってた側だから人のこと言えないけど」

てへ、と可愛くもない仕草でおどけてみせる高田。

こいつとは去年一緒のクラスで、すでに全てを誤解だと理解してくれている人物の一人である。ちなみにその誤解は景一がいつの間にか解いていてくれた。

そもそも、地元の人間が集まる中学校と比べて、高校じゃ俺の噂《うわさ》なんてほとんどないようなものなのだが、高田もたまたま耳に入ってしまったのだろう。E組の女子が知っていたことに関しても、運が悪いとしか思えない。

「ま、変な噂してる奴がいたら止めとくわ。そして杉野はいい奴だって自慢しとく」

「自慢は止《や》めろ！　恥ずかしいわ！　でも……はは、助かるよ。気が向いたらでいいからな」

「あいあい〜」

そう言うと高田はヘラヘラと笑いながら、駄弁《だべ》っている別の男女グループに交じって話し始めた。随分と社交性の高い人種である。俺には到底真似《まね》できそうにない。

「小日向《こひなた》のことはどうすんの？　同じクラスだけど」

景一がふと思いついたように、小声で声を掛けてきた。

「別に、どうもしない。周りに無関心そうな小日向のことだ——自分から俺に関わってくるとは思えないし、こっちから声を掛けなければあいつらも文句言わないだろ」

あいつらとはもちろん、E組の女子たちのこと。

俺がもし本気で小日向に恋をしていたならば話は違ってくるが、別にそういうわけでもない。小日向を避けることでボディガードが寄ってこないのであれば、遠慮なくそうさせてもらう。ちょっと寂しい気はするけど、しかたないのだ。

景一と話をしていると、ちょうど話題にしていた小日向がテコテコと教室に入ってきた。男子も女子も小日向に声を掛け、頷《うなず》くのを見て満足そうに微笑《ほほえ》んでいる。イエス小日向ノータッチの精神だな。

「………………ん？」

その様子を横目に見ていたのだが、小日向は自分の座席を通り越して俺のほうまで歩いてきた。席を間違えたのかとも思ったが、彼女は俺の机の前で立ち止まり、ジッと俺の目を見ている。座っている俺からすれば小日向を見上げるというレアなシチュエーションだ。

何が言いたいのかわからないから、とりあえず俺から声を掛けてみることに。

「……もしも罪悪感なんてものを抱えているなら、俺は別に気にしてないから」

俺は昨日景一から、俺が去ったあとのことを聞いていた。おそらくそのことについての謝罪かなにかだろう。小日向は巻き込まれただけだと思うけど。

「そもそも小日向は何も悪いことはしていない。だけどな、俺とお前が話していると、またあいつらみたいに俺を警戒してくる奴がいるかもしれないいんだ」

小日向はまた、コクリと頷く。あまりに変わらない表情に、本当にわかっているのだろうかと不安になるが……反応を示していないわけではないから、ひとまず良しとしておこうか。

「小日向がなんで喋らないのかとか、別に聞くつもりもないけどさ、意思表示ぐらいしっかりしないと周りに振り回されるだけだぞ？　まぁ今回に関してはあいつらの暴走だったっぽいから、お前が知らなくても無理はないんだけどさ」

小日向は、躊躇《ためら》いがちに頷く。

俺は彼女の保護者というわけでもないのに、なんだか説教みたいになってしまった……そんなつもりじゃなかったんだけど。

声は小さめにしていたから周囲には聞こえていないと思うが、小日向が俺の席に向かったことで視線を集めてしまっているのも事実。

俺はポリポリと頭を人差し指で掻《か》いてから、会話を締めるべく言葉を紡ぐ。

「まぁ、別に小日向のことは嫌いじゃないけど、俺たちは極力関わらないようにしよう。クラスの行事とかでどうしても必要な場合は別だが、それがお互いにとって一番平和的だからな。景一から聞いたかもしれないけど、俺は基本的に女子ってのがどうも苦手なんだ」

自虐混じりにそう言うと、小日向は俺の目をジッと見つめたまま、首を縦にも横にも振らなかった。その代わりに、なにやら自分の通学バッグの中をごそごそと漁《あさ》り始めた。

何をしているんだろうか――と眺めていると、彼女は手をグーの形にして前に突き出した。そしてその手はすぐにパッと開かれて、彼女の手から何かが零《こぼ》れ落ちる。

「……アメ？」

カラン、と俺の机に落とされたのは、ピンク色の包装が施された、ミルク味のアメだった。

小日向を見ると、彼女はコクコクと首を縦に振る。アメ？　と聞かれたらそりゃ頷くか。

「俺にくれるのか？」

「…………（コクコク）」

「お詫《わ》びの印みたいな？」

「…………（コクコク）」

「気にしなくてもいいんだが」

「…………（ブンブン）」

「そっか。じゃあまぁ、貰《もら》っておくよ」

俺の言葉に小日向は再度頷くと、ミッションは達成したといった様子でふすーと鼻から息を吐き、自分の席にテコテコと戻って行った。小さな背中から、なんとなくやり切った感がにじみ出ている気がする。完全に俺の予想なんだけども。

「ありゃ人気になるわけだ」

身体《からだ》の奥底に眠っていた保護欲が一気に活性化された気がして、思わず俺はそんな言葉を口にする。個人的な感想を言わせてもらえば、普段より腕を大きく振って歩いていたところとか、かなり高ポイントだ。何のポイントなのかは俺自身わからないけど。

「小日向を守りたくなるっていうあいつらの気持ちも、理解できるな」

景一も元気の良い小日向の後姿を眺めて、そんな言葉を返してきた。

全くもって、同感だ。

その日の昼休み、あの女子たちが来ませんようにと祈りながら食事をしていると、教室の戸がガラッと開いた。

「あ、杉野くん、ちょっとだけ時間いいかな？」

そして昨日と同じように、だけど違う顔がひょっこりとそこから出てきた。たしか昨日、小日向の傍《そば》にいた女子生徒だな。随分と顔面偏差値が高いようだが、生憎《あいにく》俺の辞書に彼女の名前は記載されていない。

まるで女版景一のような彼女の表情からは、なぜか申し訳ないという意思がひしひしと伝わってくる。この女子からは特に何もされていないんだが……いったいどういうことだろうか？

ちなみに小日向はクラスメイトの男女二名に可愛がられながら持参した弁当をつついていた。

「……いいけど、何か用か？」

この女子は昨日中庭にいたし、例の件と関係ありそうだなぁと心の中でため息を吐《つ》きつつ聞いてみる。

すると彼女は自己紹介したのち、なぜこの場に来たのか説明し始めた。

彼女がこの場にやってきた理由――それは簡単に言うと謝罪だった。

どうやらこの『冴島《さえじま》野乃《のの》』という女子は、小日向と幼馴染《おさななじみ》のような関係らしい。

で、なぜ彼女が俺に頭を下げているのかというと、自販機の一件を小日向と話しているところをクラスの女子が偶然耳にした結果、今回のことが起こってしまったと。

いや冴島は何も悪くないだろ――と言ってみたけど、本人としては謝りたいらしい。なんとも正義感が強い奴《やつ》である。これに暴走が加わったら完全に俺の苦手なタイプだ。

昨日は久しぶりに事務連絡以外で女子と話し、最悪の気分を味わったばかりだ。正直言って、必要な会話であっても今は女子と話したい気分ではない……薄情だとは自分でも思うが、さっさと話を終わらせよう。

「もういいって。別に気にしてないから」

「でも……」

会話を切り上げようとしての発言だったが、冴島に引く様子はない。

まったく……別のクラスなのだから放置しても問題ないだろうに、律儀なこった。そういう正義感があるからこそ、こうしてわざわざ別のクラスの知らない奴に頭を下げているのだろうけど。

「俺は気にしてない。それでも謝りたいって言うなら、謝罪は受け取る。だから冴島もさっさと自分の教室に戻って昼飯食べな。時間は有限だぞ」

俺は自ら放った冷たい言葉に罪悪感を覚えつつ、彼女をなるべく視界にいれないようにスマホの画面に視線を落としてから米を咀嚼《そしゃく》。今日の具材は梅だ。すっぱい。

「智樹《ともき》、俺が軽く話してもいい？」

景一から声が掛かったので、俺は視線をスマホに向けたままコクリと頷く。なんとなく小日向になった気分だ。機会があれば『ブンブン』も真似してみよう。ふすーは俺にはまだ難易度が高すぎる。

「あれ？　唐草くんももしかしてC組？」

「そうそう、ここ俺の席」

「えー！　親友が同じクラスで隣の席とか羨ましいなぁ」

この冴島とかいう女子は、あまり景一を特別視しないんだな。景一に寄ってくる女子はだいたいきゃぴきゃぴして媚《こ》びているような感じだから、新鮮だ。

コロコロと表情を変えながら会話をする冴島に対し、景一は空気を引き締めるように一度咳《せき》ばらいをしてから、口を開く。

「あのな冴島、智樹は女子よりも男子派なんだ」

思わず米を吹き出しそうになった。

軽く話すとは言ったが色々と端折《はしょ》りすぎだろ！　そりゃ『会話』するなら女子よりも男子のほうが圧倒的に気楽だけども、絶対勘違いされるだろうがその言い方は！　梅干しの種ぶつけるぞゴルァ！

「えっと、それも噂で聞いたことがあるんだけど……杉野くんの親友である唐草くんが言うってことは、真実？　それに昨日、たくさんの女の子を前にすると気分が悪くなるって言ってたし……やっぱり杉野くんは男の子が好き――」

「違うわ！　勘違いするな冴島！　また変な噂になるだろうが！」

思わず口を挟んでしまった。だって話の飛躍がすごいんですもん。放置なんかできるわけないですやん。そういう人たちを否定するつもりはないけど、俺は恋愛をするなら女の子がいいです。

しかしなぜ『女子が苦手＝男子が好き』になるのか――こいつの頭の中はキラキラなお花畑なのか？　そういう薄い本を愛読している方なんですか⁉

――ん？　というか『やっぱり』ってどういうこと？　え？　ちょ、ちょっと待って、すでにそんな噂《うわさ》話があるのか？　冗談だよな？

「ご、ごめん！　あたし勘違いを――」

冴島は口に手を当てて、おろおろと目と身体をせわしなく動かす。

このまま景一に説明してもらっても良かったのだが、なんだか変な方向に話が転がりそうな気配がしたので、俺も仕方なく会話に交じることにした。

まさか景一、これを見越してあんなミスリードを誘ったんじゃないだろうな……？　こいつならやりかねん。意外と策士だったりするからな。

結局、俺も会話に交ざり、景一と一緒に冴島へ事情を説明すること数分。

「――ってなわけで、俺は複数の女子を前にしたり、一方的に話をされると身体に不調がでるんだ。高所恐怖症とか、集合体恐怖症とか、そういうのに似ているかもしれない。おかげで昨日はめっちゃ吐いたし、正直に言うと今もちょっと落ち着かない」

俺がそう言うと、冴島は泣きそうな顔で眉を寄せる。彼女は制服の袖で目元をこすって

から、口を開いた。

「つまり、杉野くんは前に進もうとして明日香《あすか》に声を掛けたのに、事実と違う噂がトラウマを再燃させせちゃったってことだよね……？」

「まさしくその通りだな」

ピシャリと言ってのける景一。

口調にややとげを感じるのは、こいつもうんざりしているのだろう。周囲が俺の噂に振り回されるのはこれが初めてのことではないし、その度に景一は俺の為《ため》に動いてくれていたりするからな。

さらに落ち込んだ様子を見せる冴島に、俺は軽く助け舟を出すことにした。別に悪い事をしたわけでもない冴島が気を落とすのは、これ以上見ていられない。

「噂を信じる奴だけに問題があるわけじゃなくて、これは俺にも問題があるんだよ。小学校の時、噂になるような対立があったのも事実だしな……昨日の件はもう気にしていないから、俺のことは放っておいてくれたら助かる。わざわざ女が苦手な男に話しかけてもいいことはないだろ？　犬と猿は別々の場所で暮らしていた方が幸せってもんだ」

犬猿の仲に例えてそんな言葉を掛けるが、冴島はうんともすんとも言わない。

景一もどこか苦い表情だ。俺としてはこれで丸く収まったと思うのだが、冴島的にはあまり納得していない様子。

「メシ食べる暇が無くなるぞ、ほら、帰った帰った」

俺はしっしっ、と振り払うようなジェスチャーを冴島に向ける。

浮き沈みのない平穏な日常は退屈だと思う奴もいるかもしれないが、荒波にもまれた経験がある身としては、極力波が立ちそうなイベントは避けたいのだ。

心苦しいが、これで平穏が戻ってくるのならばそれでいい――そう思っていた矢先、なぜか小日向がやって来てしまった。

「…………なぜお前が来る」

両手で弁当箱を大事そうに持った彼女は、俺の前の空いた席に腰を下ろし、弁当箱を俺の机に設置。冴島をちょいちょいと手招きしてから、景一の前の空いた席を指さした。

「っ!? わかった！　すぐにお弁当持って来るね！　唐草くん、前の席を使っても大丈夫そう？　杉野くんも女子が二人になるけど、大丈夫かな？」

「おう！　ここの席の奴はいま他の席で食べてるから、たぶん大丈夫だぜ。智樹もオッケーって言ってる」

「言ってねぇだろうが！　お前まで俺の敵になるつもりか!?」

「はっはっは！　まぁ男だけでむさくるしいより全然いいじゃん。それにこれをきっかけにまた智樹が女性を避け始めたら振り出しに戻るだけだしな。まぁ二人っていっても小日向は喋《しゃべ》らないだろうから平気だろ」

「いやいや、俺の心の準備が――うわ、もう冴島いないし……」

出入り口の方に目を向けてみると、つい先ほどまでその場所にいた冴島は忽然《こつぜん》と姿を消していた。自分のクラスに昼食をとりに戻ったのだろう。

呆然《ぼうぜん》と無人になった出入り口を眺め、ため息を吐く。そして俺の前の席に座っている小日向に目を向けた。彼女は友人の冴島を待つことにしたらしく、弁当箱の上に箸をおいて待機状態である。

彼女が俺の前の席を使用するのは問題ないだろうが、さっきまで小日向とご飯を食べていたクラスメイトはいいのだろうか？　そう思って、小日向がいた席に目を向けてみると、

「唐草と――杉野だっけ？　小日向そっちで食べたいみたいだから、快く迎え入れてやってくれ！」

「あー、あたしもそっちに交ざりたいなぁ」

先ほどまで小日向と話しながら食事をしていた男女二名が、俺たちに目を向けながらそんな言葉を口にする。昨日会った女子たちと違って、俺に対する警戒心が皆無だ。

「ま、唐草たちなら大丈夫だろ」

「でも杉野くんって女子が苦手なんじゃなかったっけ？」

「うるさい系は特に苦手らしいから、お前はやめておいたほうがいいぞ。その点小日向は条件をクリアしているからセーフ」

「えー！　ひどーい！　私がうるさいって言いたいの⁉」

「ほらうるさい」

なんだか痴話げんかみたいなやりとりを始めてしまった。もしかしたらあの二人、実は付き合っていたりするのだろうか？　新しいクラスになったばかりだから、まだその辺りの関係はわからん。

二人の仲睦《むつ》まじいやり取りを苦笑しながら見ていると、冴島が「お待たせ！」と元気よく教室へ入ってきた。景一がどうぞどうぞと手で席に誘導し、冴島はどうもどうもと案内された席に腰を下ろす。

なぜこんな状況になってしまったんだろうか……俺の平穏な昼休みはいったいどこへ旅立ってしまったのやら。可能ならば早急に戻って来てほしい。

こうなったら女子たちの相手は顔面偏差値が上限突破している景一に任せて、俺は無心になっておにぎりを消化するマシーンと化すしかないか――と思っていたけど、そうは問屋が卸さなかった。

小日向が自らのお弁当からタコさんウィンナーを箸で摘《つま》み上げ、ふすふすと鼻を鳴らしながら俺に見せつけてきたのだ。

「……タコさん？」

「………（コクコク）」

小さな子供に話しかけられているようで、無視することは到底俺にはできなかった。なんだこの可愛《かわい》い生物は。本当に俺と同じ数の染色体を持っているのか疑いたくなるぞ。

小日向は小さなお口を大きく開けてタコさんを口の中に放り込む。もぐもぐと咀嚼してから、次は何を食べようかな——と弁当箱の中身を見渡していた。

小日向に深入りして再びトラブルにならないよう、彼女から意識を逸《そ》らしておきたいのだけど、彼女の一挙一動には何故《なぜ》か目を引き付けられてしまう。

「そういえば唐草くんって恋愛拒否！　みたいな感じだったよね？　杉野くんと同じで女子が苦手なの？」

俺がまじまじと小日向の動きを観察しているなか、冴島は景一に声を掛けていた。

「ん？　俺は別に苦手ってわけじゃないぜ。いまは友達とつるんでいるほうが楽しいから、そっちに時間を割くのもなぁって感じなだけ」

冴島は「なるほど」と口にして頷《うなず》く。

「ただ――その友人が忙しくなったら、その限りでもないけどな」

景一はそう言って、俺にニヤニヤとした視線を向けてきた。なんだか深い意味を込めてそうな言い方だな。まったく予想もできないけど。

「別に俺は忙しくなる予定はないぞ。平日までバイトをする気にはなれん」

「はっはっは！　別にバイトとは言ってないだろー」

学生生活でそれ以外に何があるっていうんだ？　勉強にもっと真剣に取り組むとか、あるいは正反対を攻めてゲームに本気になるとか？　もしくは部活を始めたり――いや、それはないな。俺は万年帰宅部でいたいのです。

☆　☆　☆　☆　☆

六限の授業が終わり、ようやく一日が終わると思うと、自然に安堵《あんど》の息が漏れた。

こんな風に目立った事件が無くてほっとするのは、おそらく中学校の時以来だろう。中学の時も実際は明確にいじめなどを受けていたわけではないけど、いつも何かに怯《おび》えながら学校生活を送っていた気がする。

箒《ほうき》を持って教室の掃き掃除をしていると、せっせと黒板を磨いている小日向が目に入った。彼女の身長では間違いなく上部には届かないが、いったいどうするつもりだろうか

――手を動かしながらそんなことを考えていると、小日向の元に一人の男子が近よって
「上は俺がやろうか？」と優しく声を掛けていた。

その光景を離れたところからぼんやり眺めていると、ちりとりを持った景一が声を掛けてくる。

「気になる？」

「少しだけ。あいつは嫌われ者の俺とは正反対みたいな存在だからさ、ああいう風に何も言わずとも誰かが助けてくれる状況って、本人はどういう感覚なのかなって」

俺も景一に助けられてはいるが、それとこれとは感じ方が違うだろうし。

「智樹が『嫌われ者』っていうのは否定しておくとして……どうだろ。まぁ普通に『ありがたいな』って感じじゃね？　小日向の身長的に黒板の清掃は難しそうだし」

「それもそうだな」

景一に返事をして、二人でことの成り行きを見守っていたのだが、俺たちの予想に反して、小日向は声を掛けてくれた男子の申し出を首をブンブンと横に振って断っていた。右の手の平を相手の顔に向けて、『ノー』のジェスチャーもしている。

男子の申し出を断った小日向は、テコテコと教室の左前方に置いてあるパイプ椅子を持ってきて、上履きを脱いでからそこに登る。そして手を大きく振って黒板の掃除を始めた。

「小日向がやっていると余計に危なっかしく見えるな……大丈夫かよ」

「見た感じバランス感覚は良さそうだし、周りに女子が集まってきたから平気だろ」

景一の言う通り、小日向の周りにはいつの間にか女子が集まっており、綺麗《きれい》な黒板消しを渡したりして協力体制を作っていた。たぶん万が一落ちた時のことを考えて傍《そば》にいてくれているのだろう。

小日向を助けようとする周囲と、周囲を頼ろうとしない小日向。

俺には彼女が頭の中でどんなことを考えているのか、まだまだわかりそうになかった。

掃除を終えて、担任が教室にやってくるのを待っていると校内放送を知らせるチャイムがスピーカーから聞こえてきた。

『二年E組、進藤《しんどう》あかりさん、木原《きはら》翔子《しょうこ》さん、田中《たなか》玲奈《れいな》さん――』

放送の内容は、二年E組の五人の生徒の呼び出しだった。放課後、生徒会室に来てほしいとのこと。俺には無関係の内容みたいなのでスピーカーに向けていた意識を元に戻しているると、

「今の五人、昨日智樹を呼び出した五人だぜ」

「……マジ？　というかなんで名前まで覚えてんの？」

「授業の合間の休み時間に調べたんだよ。またなんかあった時のためにな」

お、おう。景一が中学の頃から俺のために色々やってくれているのは知っているが、そんなことまでやっていたのか。ひとまず「心配してくれてサンキュー」とお礼を言っておいた。

「気にすんなって。それより、なんで生徒会なんだろうな？　生徒指導室ならまだ理解できるけど」

「昨日のこととは完全に別件じゃないか？　よく五人で一緒に行動しているかもしれないし、人間関係のいざこざに生徒会が介入する意味がわからん」

「それもそうか」

どこか納得していない様子の景一だが、担任の先生が教室に入ってきたところで「まぁいっか」と考えるのを諦めた模様。そうそう、それでいい。もうあいつらと関わることはないのだから、俺たちが気にする必要はないのだ。

家に帰ってゲームして、さっさと忘れることにしよう。

「やっぱりちょっとキツく言い過ぎた気がする……」

自宅のマンションでテレビゲームをしながら、隣にいる景一に懺悔《ざんげ》する。議題は例の女子五人に対してのものではなく、冴島や小日向との会話についてだ。

朝は小日向に「関わるな」と言ったし、冴島には昼休み追い払うような仕草もした。

「後悔するぐらいなら冷たい態度とらなきゃいいのに」

「冷たいぐらいがちょうどいいだろ。俺は関わらないようにしたかったんだから」

噂《うわさ》を本気にして突っかかってきたわけでもないのに、俺は彼女たちに対して冷たい態度をとってしまった。時間が経《た》つに連れて後悔の念が強くなってきて、今では完全に後悔している。もっとうまい言い回しや解決法があったんじゃないかと。

相手が根っからの悪人であればもっと感情をコントロールできたかもしれないが、相手はまごうことなき善人であるために、対応に困る。

「気持ちはわかるけどさぁ、社会に出て苦手な奴《やつ》が上司だったらどうするよ」

「…………気合いで乗り越える」

「現実味のない回答だこと」

「うっせ」

俺が休日に働いている場所は、マンションから自転車で十五分ほどの距離にある喫茶店。

俺はホールで給仕として働いているのだが、いまのところ特に問題なく働けている。客があまり多い店でもないし、集客を望める土日であってもホールスタッフはひとりだけだ。

主な仕事は掃除と店長の話し相手である。

今は店長の優しさと環境に甘えているが、いつかは改善しなければならないと思っている。

だからこそあの日、俺は小日向に声を掛けたわけだし、女子たちの呼び出しにも従った。

テレビに大きく「GAME　OVER」の字が映し出されているのをぼうっと眺めていると、景一が「あのさ」と声を掛けてきた。彼の視線は画面に向けられたままである。

「ちょっと、俺に任せてみないか？　悪いようにはしないから」

「なんだ？　お前が俺のボディガードでもしてくれんのか？」

すでに似たようなことをしているような気もするけど。なんとなく恥ずかしいから口にはしない。

「まぁまぁ、それはお楽しみということで」

「……変なことは考えてないだろうな」

「俺はいつでも智樹のことを第一に考えてるぜ！」

「そういう発言で周りに誤解されるんだからな⁉　ただでさえお前は目立つんだから発言は計画的にしろよ⁉」

なんだか女子と向き合っているわけでもないのに鳥肌が立ってきたぞ。

いったいこいつ、何をする気なんだ……？

☆　☆　☆　☆　☆

木曜日。

学校に登校すると教室の前の廊下でそわそわしている様子の女子生徒が目に入ってきた。他にも廊下で駄弁《だべ》っている生徒はいるのだが、その女子は辺りを見渡して誰かを探しているようだったので、水に浮いた一滴の油のように目立ってしまっている。

そしてその女子――以前俺を中庭に呼び出した彼女は、俺と目が合うなり恐る恐るといった様子でこちらへ近寄ってくる。そして――、

「この前はすみませんでした！」

勢いよく俺に向かって頭を下げたのだった。……なぜ？

「あなたのことを何も知らずに、私たちの勝手な勘違いでひどいことをしてしまって、本当にごめんなさい！　あなたがどれほど素晴らしい人間なのかも理解せずに――」

頭を下げたまま彼女はそんな風に言葉を続ける。廊下で駄弁っていた他の生徒たちも、なんだなんだと言った様子でこちらに目を向けていた。

「ちょ、ちょっと待て！　意味わからんがとりあえず頭を上げてくれ！　俺この光景を中

学の頃に見たことあるんだよ！　良くないやつだ！」

また『恐喝』だなんて噂が広まったらどう責任とるつもりだてめぇ！

というかこの変わりようはいったいどういうことなんだ？　どんな化学変化が起きたらこの状況が出来上がるっていうんだ⁉　くそっ……俺は理系じゃないんだよ。

それに彼女が言っていた『素晴らしい人間』なんて言葉は俺には当てはまらない。平凡な自覚はあるけれど、俺は何かが突出しているようなタイプではないのだ。

しかしこれはいったい誰の入れ知恵だ？　景一か⁉　それとも景一か⁉　くそ、景一しか思い浮かばん。

「落ち着け～、いいか？　落ち着くんだ。どうどうどう」

自分でも混乱していると自覚しながら、頭を下げ続けるE組女子を宥《なだ》めていると、

「ほらほら、廊下のど真ん中だと通行の邪魔だぞ。あと、智樹に『ごめんなさい』したい気持ちはわかるが、他の人に迷惑かけないようにな」

後方からそんな声が聞こえてきた。

後ろを振り返って見ると、そこには通学バッグを肩に掛け、苦笑している景一の姿。

いつもよりハッキリとした口調で、加えて大きめの声で喋《しゃべ》ったことから察するに、おそらく周囲が変に勘違いしないように説明してくれたのだろう。

まったく……イケメンは顔だけにしておいてくれよ。俺がみじめになるだろうが。

心身ともにイケメン力を発揮した景一に助けられ、朝の一幕は丸く収まった。

E組女子——進藤さんは俺に謝罪し、俺も「大丈夫だから」と許した。だからそれで終わりだと思っていたのだけど——、

「この前はすみませんでした！」

一限と二限の間に、別のE組女子が謝罪にやってきた。彼女は木原と名乗り、進藤さんと同じように俺に頭を下げた。

そして二限と三限の間には、

「この前はすみませんでした！」

また別の女子がやってきた。

うん、あれだね。たぶん俺が複数の女子を前にすると気分が悪くなるっていうのに配慮してくれているんだろうけど、ちょっと面倒だね。その気遣いはとてもありがたいし、実際に五人で押しかけられたら苦しくなるのは目に見えているのだけど、もう謝罪は聞き飽きたよ。こんなことになるなら校内放送をジャックして『全て許した！』と叫びたいぐらいだ。

結局、俺は放課後までの間に五人のE組女子たちから謝罪を受け入れることになった。

これで平穏な生活を送れるようになるというのなら、良かったのだろうか。

☆　☆　☆　☆

気疲れした木曜日に比べて、金曜日はわりと普段通りの学校生活を送ることができた。

E組女子たちとは木曜日に無事に和解できたし、この二日間、冴島や小日向が俺に関わってくることはなかった。もちろん、また別口で呼び出しを受けたりもしていない。

E組女子に謝罪させたのはお前の仕業か——と景一に問いただしてみたが、こいつは本当に何も手を出していないらしい。

てっきり進藤さんが口にした『素晴らしい人間』という発言は、景一がもたらしたものだと思っていたのだが……どうやら違ったようだ。いったいどこの誰がそんな妄想を彼女たちに吹き込んだのやら。謎だな。

冴島と小日向に関してはどうなのかと聞いてみたところ、こいつは「ふっふっふ」と気味の悪い笑みを浮かべるだけで、否定の言葉は口にしない。イケメンだから様になっているのがまた腹立たしい。

まぁ、あの日「俺に任せろ」みたいなことを言っていたから、裏で何かしてくれたのはたしかだろう。小学校では俺がこいつを庇《かば》う立場だったが、中学校からはずっとこいつに助けられてしまっている。

「今度学食でも奢《おご》るか」

木曜日と金曜日の出来事を思い出し、俺は独り言を呟《つぶや》きながら水色のふきんでテーブルを磨く。メニュー表などの位置を調整して時間を潰したいところだけど、残念ながら誰も使用していないので全くずれていない。

本日は土曜日、時刻は午後の二時。

大抵の喫茶店ならば、この時間帯はそこそこのお客さんが入っていないとマズいと思うのだけど、俺がバイトをしている喫茶店――【憩《いこ》い】は、現在ノーゲスト状態である。店員はホールに俺、そして厨房《ちゅうぼう》内に店長がいるだけだ。

この喫茶店はそもそも人目につかないような場所にあるし、それでいて料金もそこそこ高い。そんなわけで、この店は現在常連さんだけで成り立っており、基本的に来店の時間は決まっているのだ。店長曰《いわ》く、「忙しいのは嫌だ」ということらしい。

店内の照明はオレンジのペンダントライトとブラケットだけで、天井は建物を支えている梁《はり》がむき出しになっているような形である。カウンターの奥にはグラスやカップが陳列されてある棚があり、豆を挽《ひ》くコーヒーミルやドリッパーなどもかなりの種類が並べてあった。

あれらは店長ですら使っている所を見たことが無いし、完全に趣味の代物なんだろう。

店長が厨房の中で読書しているのを確認してから、次はどこの掃除をしようかと店内を見渡していると、来店を知らせるベルが鳴った。

このカランカランというレトロな雰囲気のある鈴の音が、俺はわりと好きだったりする。常連さんがくる時間じゃないし、もしかすると新規のお客さんかもしれないな。

新たな常連を増やすべく、俺は渾身《こんしん》の営業スマイルを浮かべて入り口に目を向けた。

「いらっしゃいま——」

——せ、までは言うことができなかった。一瞬にして頭が真っ白になり、何が起こっているのか理解できず、とびっきりのスマイルのまま俺は氷像と化した。

見たことのある女子が二人に、見覚えのありすぎる男子が一人いる。目を擦《こす》ってみたけれど、残念ながら幻覚の類ではないらしく、来店した男はこちらに向かって右手を上げ、「よっ」とフランクに声を掛けてきた。

「……何を考えてんだ景一」

「まぁまぁいいじゃないか、空いてる席座って良い？」

「——ったく、ちゃんと説明してもらうからな……お好きなお席にどうぞ」

やれやれと肩を竦《すく》めながら、それでも俺はマニュアル通りに景一たちを手で席へと誘導する。

景一は薄い色合いのジーンズに、真っ白のTシャツ。シンプルすぎる格好だが、こいつの顔面偏差値は異様に高いので、十分にオシャレに見えてしまう。五センチぐらい足の長さを分けてほしい。

で、女子二人のうち、わりと喋るほう。

彼女は興味津々といった様子で店内を見渡しながら、「へぇ〜」と声を漏らしていた。ゆったりしたベージュのワイドパンツに、白のインナー、その上に淡いグリーンのオーバーサイズシャツを身に着けている。春らしい色合いで、チェックのポシェットがワンポイントになっているような感じだ。

で、もう一人の静かな方。小日向は俺のエプロン姿が珍しいのか、席へ移動しながらも足先から頭のてっぺんまでジロジロと眺めてきた。

相変わらずの小さい身なりで、装飾ボタンの付いたダークブラウンのロングスカートに、どこかほわほわとした印象を受ける、アイボリーの長袖シャツ。なんとなく、ティラミスみたいな印象を受ける服装だ。ともかく、小日向に良く似合っている。

初めて見る二人の私服姿を視界に入れながら、俺はカウンターでグラスに氷と水をそそぐ。トレーに乗せて持って行こうとカウンターの外に出ると、思わず目に映った光景に顔を引きつらせた。

「……マジで何を企《たくら》んでやがる」

なぜか三人で入ってきたのにもかかわらず、小日向だけぽつんと一人で席に座っていたのだ。ちなみに、景一と冴島は四人席に二人で座っている。

店内に人が多いのであれば座席確保のために一緒に座らせていたところだが、この静かな店内を見るとそうも言えない。

というか、働き出して一年、未《いま》だに俺はこの店が満席になるのを見たことがないのだけど。

間違いなくこの店の収支は赤字だ。

「できれば学校の奴《やつ》にバイト先知られたくなかったんだがな」

俺はまず景一と冴島がいるテーブルへと向かい、お冷の入ったグラスを二つ置きながらお小言を呟く。すると景一は、

「店長さーん！　こいつ私語してまーす！」

そんな風にふざけたことを口にした。

「ぶっとばすぞ景一！」

「あっはっは！　まぁあの店長さんは別に私語しても怒らないだろ。むしろあの人が率先

して騒いでるし」

「否定はしない――とりあえず景一はいつも通りスピリ〇スのス〇リタス割りでいいか？」

「それただの原液だろ!?　というか俺未成年なんだが!?　この店は未成年に何飲ませようとしてんだよ！」

「人聞きの悪い……俺はお客様のニーズを満たそうとしただけなのに……」

「な、なんだよ急にしおらしくなって。俺ってそんなにお酒強そう？　酒豪みたいな？」

「いえ、お客様にはアルコール消毒が必要かと」

「俺雑菌扱い!?　客の扱い酷《ひど》すぎない!?」

景一が驚愕《きょうがく》の表情を浮かべるのを見て満足した俺は、ポカーンとした様子でやりとりを眺めていた冴島に視線を向ける。すると彼女は俺が見ていたことに気付き、「えへへ」と花を咲かせるように明るい笑みを浮かべた。無邪気な笑顔に、思わずため息が漏れる。

「……女子は苦手だが、貴重な客だからな。来るなと言うつもりはないし、そもそも言えない。そんなことしたら俺が店長にしばかれる」

「承知しました！　迷惑はかけません！」

冴島はピシッと右手を真っ直《ます》ぐに上へと伸ばし、了承の返事をする。

「本当に頼むぞ。あの人仕事中だろうと客が目の前にいようと関節技決めてくるからな。

しかも『漫画で見たから試したい』とかいうよくわからん理由で」

「あはは……それは本当に大変だ」

俺が苦々しく顔を歪《ゆが》めながらそう言うと、冴島は神妙な面持ちで言葉を紡ぐ。わかってくれたようで嬉《うれ》しい。なお、他人事《ひとごと》のように景一は笑っている。

「しかも店長はまだ三十にもなってない女の人だからな。思春期の智樹は色々ときついだろ、身体《からだ》の接触的に」

「言っておくが、痛みでそれどころじゃないからな？」

色々と厄介な部分はあるが、あの店長は俺が複数の女子と話すのが苦手だということを知って、そういう状況になりそうになったときは必ず代わってくれる。現在は厨房にいるが、たぶん知り合いだと気付いて声を掛けてこないのだろう。

働きやすいか働きにくいかで言えば、迷いなく俺は前者であると答える。からかわれそうなので本人には言わないが。

「それにしても、良い雰囲気のお店だよね！　シックな感じ——っていうのかな？　なんというか大人っぽい！　私ここ地元だけど知らなかったよ」

「俺も道に迷ったおかげで見つけられたようなもんだからなぁ……どうしてこんな入り組んだ場所に店を構えたんだか」

「まぁそれも含め趣味って感じなんじゃね？　あの人変わってるし」

「よしわかった。景一が店長のことを『変わり者』って言っていたと報告しよう」

「そしたら俺は智樹が店の立地に文句言ってたってチクるからな？」

「……人の弱みを握るなんて最低だな」

「智樹にだけは言われたくないですけど!?」

　そんな俺たちのやり取りを見て、冴島は楽しそうに笑っている。

　話が一段落ついたところで「注文決まったら呼んでくれ」と二人に声を掛け、俺はもう一人のクラスメイトの元へと向かった。彼女は写真付きのメニュー表を両手に持って眺め、なにやらジッとある一点を見つめている様子。

「よ、小日向。あいつらに付き合わされて、お前も大変だな」

　お冷を置き、俺がそう声を掛けると彼女は顔を横に振った。

『付き合わされた』ということに対しての否定か、『大変』ということに対しての否定か……まぁどちらにせよ、この座り方には違和感を覚えるのだが。

「頼みたいモノ、決まったか？」

　彼女と一緒の視線が共有できるよう、小日向に並ぶような位置に移動し、腰をかがめる。

　すると彼女は勢いよくメニューを指さした。これ食べたい！　という強い意志がそこには宿っている――ような気もする。

「……それは止《や》めておいた方がいいぞ。少なくとも体育会系が五人はいないとキツイ。それと残したら店長が怒るから」

彼女が指示した先にあったメニューは、その名も『ウルトラハイパーデラックススペシャルメガトンパフェ』。小学生が名付けたようなふざけたネーミングで、金額も税込み五千円とふざけた価格だ。ちなみに命名は店長。

俺のツッコみに対し、小日向は僅かに身体《からだ》を上下に跳ねさせる。これは楽しいという感情か？　もしかしたら今のは彼女なりの冗談だったのかもしれないな。

「小日向ってどういうのが好きなんだ？　結構甘い系？」

小日向と一緒にメニュー表の写真を眺めながら聞いてみると、彼女はモンブランのショートケーキを指さした。栗《くり》が乗っており、チョコレートのスポンジ生地で作られた【憩い】の定番メニューである。

「栗が好きなのか？」

「…………（コクコク）」

小日向は二度頷《うなず》くと、両手をお化けの真似《まね》でもするかのように前に出して、リスのポーズをとった。表情は相変わらずの『無』なのだが、鼻息をふすふすさせていることから、いつもよりテンションは高めであると予想できる。

もしかすると今日の彼女の服装は、ティラミスではなくモンブランだったのだろうか？

そんなどうでもいいことが頭の中に思い浮かぶ。

「ははっ、小日向がやるとマジでリスっぽいな――飲み物はどうする？」

リスポーズで栗好きをアピールする――一般的な高校生とは少しずれている小日向を微笑《ほほえ》ましく思いながら、再度質問する。彼女はホットのカフェオレを注文した。

オーダーを紙にメモしてからポケットにしまうと、彼女はすぐにポチポチとスマホを弄《いじ》り始めた。なんだか物寂しい、本当に一人で喫茶店に来ているみたいだな。

なぜこんな風に一人で席に座ることになったのか聞きたいところだが、彼女に聞くよりも景一たちに聞いたほうが早いだろう。しかし、それを聞くとなると話が長くなりそうな気がする。

確認はバイトが終わってからでもいいか。

とりあえず、時給分の仕事はしっかりこなさないと――そう思い、景一たちにオーダーの催促をしに行こうとすると、くいっと、制服の裾が何かに引っかかった。

何か引っかかるようなものがあったかな――と疑問に思いながらその部位を見てみると、小日向が指で俺が身に着けているソムリエエプロンをつまんでいる。

「ん？　注文変えるのか？」

再度小日向のほうを向いて腰を曲げながらそう問いかけると、彼女は首を横にブンブンと振る。

そしてズイッとスマホを俺の目の前に突き出した。液晶画面は俺の方を向いており、自然とそこに目がいく。

『自販機　ありがと』

メモ帳らしき画面に、そんな単語が記載されていた。

口数が少なすぎる小日向は、どうやらデジタルの中でも似たようなものらしい。

しかしその短い二つの単語が、俺にはとても彼女らしく思えた。

「どういたしまして」

そう言うと、彼女は相変わらずの無表情でコクコクと頷く。

いったい彼女はどういう気持ちでこの場を訪れているのだろうか？　発言もなく表情の変化もない彼女の心情を想像するのは、付き合いの短い俺にはまだできそうもないな。

「来たぜ！」

「またかよ！」

自販機
ありがと

翌日の日曜日。またしても昨日と変わらないメンバーがバイト先にやってきた。

ちなみに昨日の夜、バイト先に学校の女子二人を連れてきたことに対して文句を言うついでに、なぜあんな一人と二人の構図になっていたのかを景一に問いただした。

すると驚くことに、俺が複数の女性を苦手とすることを知った小日向からの提案だったらしい。これにはさすがに俺も驚きを隠せなかった。

小日向は三人の中でもっとも意見を言いそうにない人物だと思っていたんだが……わからないもんだな。てっきり景一が言葉巧みに小日向を誘導したのかと思っていた。

しかし今日も来てしまったか……連日となるとさすがになぁ。彼女たちの財布事情も心配だし、こっちは仕事中なんだぞ。

俺がガックリと肩を落としていると、スマホを弄《いじ》っていた小日向が、ビシッと手を突き出し鼻から息をふすー。またメモに何かを書いたらしい。

『来たぜ！』

そんな三文字と感嘆符が記されていた。なんだか小日向の物静かなイメージが崩れていく気がする。

「景一の口調まで真似するなよ……」

やめてくれ……純粋無垢《むく》っぽい小日向が、俺の友人によって悪影響を受けてしまいそうだ。なんとか幼馴染《おさななじみ》である冴島に守っていただきたいところである。

「やほーっ！　お仕事お疲れさま！」

頼りにさせてもらおうとしていた冴島は、俺の気持ちなど知る由もなく実にあっけらかんとした態度である。どうやら彼女的には小日向のこの行動は平常運転ということらしい。

「はいはい、ありがとさん。それで――昨日景一から聞いたけどさ、俺の苦手克服のためにわざわざ店に来てくれてるんだろ？　別にそこまでお前たちが協力する必要はないんだけどな。金がもたんぞ」

「いいのいいの！　私も原因の一端を担っているんだから、がんがん協力するよ！　あ、あんまり喋《しゃべ》りすぎるとダメなんだっけ？」

俺がよく喋る女子が苦手ということを気にかけてくれているのだろう。そこまで気を遣われると申し訳ないが、助かるといえば助かる。

「あの件に関してはもう終わりでいいって。あの女子たちに呼び出されたのは自分にも非があると思っているんだし、トラウマに関しては俺ひとりの問題だからな」

「まぁまぁ。せっかくこうして知り合えたんだし、仲良くしようよ！」

仲良くねぇ……女子に関わることを避けてきていたから、俺には難易度が高そうだ。女子と何を話せばいいのかさっぱりわからん。

「冴島がこの店の存続のために売り上げに貢献したいというのなら、好きに来たらいいさ。店長も喜ぶし、その分店が延命するかもしれん」

「わかった！　貢献する！」

そう言って、冴島はぐっと拳を握る。えいえいおーとか言い出しそうだ。

責任感とか、正義感とか——本当に当時の女子たちを思い出すような性格だな。

小学校の頃もこうやってすぐに和解できていたのなら、きっと今こんなことになってなかったんだろう。この状況が喜ばしいことなのか、明確に答えを出すのは難しいな。


「で、またこの配置と」

当たり前のように別れて席に着いた二人とひとり。

今日は景一たちのあとに常連の老夫婦が訪れたため、あまりふざけたりはしていない。

お冷を小日向の元へと運び、声を掛ける。

「お前もあっちの席に行ったらどうだ？　俺が話しやすいように配慮してくれたみたいだが、そもそも俺、仕事中だからな？　私語をあまりするつもりはないぞ？」

小日向は首をブンブンと横に振る。これは席を移動しないという意思表示だろうか。二人もひとりも対して変わらないし、そもそも小日向は俺にとって無害すぎる人種なので、ひとりとしてカウントしなくてもいいぐらいだというのに。

「お前がそれで良いなら、俺はこれ以上何も言わないけど」

コクコクと頷く小日向。本当にいいのかよ。

「まぁおかげで俺が小日向と話しやすいのは事実だけどな。気楽というか落ち着くというか……冴島とも普通に会話はできるけど、やっぱりちょっとは緊張する」

たぶん脳が「こいつはもう大丈夫」だとわかっていても、まだ身体が理解してくれていないのだろう。時間が薬ってやつだろうか。

小日向は俺の目を真っ直《ま》ぐ《す》に見ている。無表情過ぎて何を考えているのか一切わからないが、話はしっかり聞いてくれているようだ。

「小日向の場合、第一印象もそうだし、ちらほらと耳にする話の内容からしても無害だった。だから平気なんだろうな」

そう口にしながら自分の中で納得していると、小日向はスマホを差し出してくる。昨日同様、画面を見ろということだろう。

『私が原因　ごめん』

いつも通りの短文。しかし、彼女が言いたいことは伝わった。中庭の件だろう。

「別に小日向が謝る必要はないんだよ。謝るというなら、俺のほうだ。『関わるな』とかキツいこと言って悪かった。ごめんな」

そう言って頭を下げると、小日向はブンブンと首を横に振る。そして、スマホをポチポチ。

『杉野は悪くない』

「……はは、これじゃお互い謝るだけだな。この件はお互い様ってことにして、終わりにしよう。もし俺の苦手の克服に協力する理由が罪悪感からくるものなら、冴島もろとも喫茶店出禁にするからな？　友達としてっていうなら、拒否はできないが」

少しふざけた口調でそう言うと、小日向はコクコクと頷いた。

なんだかいつもより頷く速度が速く回数も多い気がする。気のせいかもしれないが。

「注文決まったら視線で合図してくれ、気にしておくから。じゃ、俺は二人のところに水持って行くよ」

☆　☆　☆　☆

午後八時。バイトを終え、俺は自宅のマンションへと帰宅した。

フルタイム勤務の時は店長がまかないを作ってくれるので、ひとり暮らしの俺としてはとてもありがたい。弁当よりも美味《うま》いし、何よりも無料だから。

自動ドアを抜け、郵便物が無いことを確認してからオートロックを解除。エントランスからエレベーターに乗って、俺の居住区である五階を目指す。築十年そこらのはずだが、こまめに手入れがされているようで、壁も床も新品の様に綺麗《きれい》だ。

「ただいまっと」

エレベーターと自前の足を駆使して、ようやく俺は５０６号室へと帰還を果たした。

帰宅の挨拶をするものの、ひとり暮らしのため返事はない。もしも『おかえり』なんて返ってこようものなら、すぐさま回れ右だ。

仕事はいつもどおりな感じだったし、立ち仕事なので多少足に疲労は感じるが、日常生活にはなにも支障はない。景一たちのせいで気疲れはしたけれど。

部屋の間取りは、１ＬＤＫ。学生のひとり暮らしにしては大層立派な部屋である。

俺としてはもっと安いアパートでも全然かまわなかった。オートロックも別にいらないし、古びて崩れそうな１Ｋの部屋でも文句を言うつもりは無かったのだ。

だが、親父《おやじ》が「俺が遊びに来たとき狭かったら嫌だ」などとのたまった為《ため》に、こんな状況になってしまっている。その親父は、現在仕事で他県に異動し、俺と同じひとり暮らし。

「ゴールデンウィークはどうすっかなー、親父の仕事次第だけど」

俺が親父の元へいくか、親父が俺の元に来るか。

家族は俺たち二人しかいないので、選択肢も当然二択。まぁ、日程が合わずにそれぞれの休日を過ごすってパターンもあるけど。

風呂の電源を入れてお湯を溜《た》めている間に、干していた洗濯物を取り込んでいく。

「親父の都合が悪かったらバイトいれるかな……だけどせっかくの連休だしなぁ。景一が捕まればあいつと遊ぶのも有り……だけど何しよう？」

高校生の遊びと言えば、パッと思い浮かぶのがカラオケ、ボーリング、ゲームセンターとか。ふと、それらの遊び場で友人と遊ぶことを想像していると、何故《なぜ》か小日向の姿が頭に思い浮かんだ。

「――ははっ。もし小日向がゲームセンターとか行ったら、クレーンゲームの景品とかジッと見てそうだな。そして指さして頷《うなず》いてそう。スマホに書くなら『あれ欲しい』とか？」

そんな風に一人で小さく笑いながら、俺は取り入れた洗濯物を畳むのだった。

第三章　仲良くするのは誰の意志？

土日が終わり、また学校が始まった。

新しいクラスとなってまだ日は浅いものの、徐々にその風景にも慣れてきている。

あいつはちょっとお調子者なんだな――とか、あそこのグループは真面目そうだな――とか。ほぼクラス全体が見える後方の席にいるから、自然とそういうことにも詳しくなる。

授業中の小日向《こひなた》は、正直あまり視界に入らない。

興味がないとかそういう意味ではなく、彼女の後ろには体格のいい男子生徒がいるので、その小さな体は完全に隠れてしまっているのだ。

そして授業の合間の休み時間になると、小日向はクラスメイトに話しかけられたりしている。昼休みには冴島《さえじま》が訪れることもしばしば。

だが、俺や景一《けいいち》は男子とばかり話をしているので、彼女たちと会話をすることはない。

景一がたまにクラスの女子に話しかけられているが、だいたい俺は寝たふりをしているし。


金曜日の昼休み。

俺の左前の席――一年の時から同じクラスである高田《たかだ》が、昼食をとりながらせっせとてるてる坊主を作成していた。景一と一緒にその光景を眺めていたのだが、高田がこちらの視線に気づいたので単刀直入に聞いてみることに。

「雨が降って欲しくないというのはわかるんだけど……それ、効果ある？」

「ははは、ないよりはマシかもしれないじゃん？　俺は万全を期すタイプだから」

「ふーん……土日に何かあんの？」

「俺は特にないよ。ただ、美羽《みう》――妹が小学生なんだけど、明日遠足があるらしいからさ。いちおう降水確率は二十パーセントだったけど、雨で中止になったら可哀想《かわいそう》だし」

照れたように頬《ほお》を掻《か》きながら、高田はそう説明してくれた。

なんとも妹想《おも》いな兄である。俺は兄妹《きょうだい》がいないからわからないが、彼の家族関係が良好であることには違いないだろう。

「高田は少しシスコン気味だけどな」

「は？　唐草《からくさ》は妹を可愛《かわい》く思わない兄がこの世にいると思ってんのか？」

「そこら中にいるだろ。お前もあんまり過保護にしていると、そのうち『お兄ちゃん鬱陶しい』って言われるぞ」

「は？　ウチの美羽ちゃんがそんなこと言うわけないだろ？　昨日だって俺がてるてる坊

主作ってやるって言ったら、『お兄ちゃん大好き！』って抱き着いてきたからな。それに、幼稚園の時には『お兄ちゃんと結婚する』とまで約束してくれたんだぞ」

胸を反らし、自慢げな表情を浮かべて高田が言う。

一部の女子が彼を見てコソコソと何かを話していたが――うん、気付かなかったことにしておこう。「シスコン」って聞こえたのは、きっと俺の聴覚に問題があるに違いない。

「まぁ高田の妹愛が凄《すさ》まじいことはいいとして、そのてるてる坊主、顔は書かなくていいのか？　のっぺらぼうだぞ」

このまま高田が妹トークを進めれば昼休みがそれだけで終わりかねないので、俺は話題をてるてる坊主に移す。机には五体のてるてる坊主が並べられているのだが、全て顔が無い状態だった。

「あぁこれ？　諸説ありだけど、なんかてるてる坊主って当日晴れた時に顔を書くらしいんだよ」

「へぇ……そうだったのか。景一は知ってた？」

「いや、俺も初耳――だからいまネットで調べてみたんだけど、高田の言う通りだった」

景一はそう言いながら、俺にスマホの画面を見せてくる。するとそこにはたしかに、顔は後から書き込むべき――みたいなことが書かれていた。

「そうそう。でもさ、なんか可愛くないよな。表情がないと冷たい感じがしない？」

やや不満げな様子で、高田が完成したてるてる坊主を様々な角度から眺める。

高田の『表情がない』という言葉を聞いて、俺の頭には小日向の顔が思い浮かんだ。

彼女もこのてるてる坊主のように、表情がない女の子だ。しかし可愛くないかと問われたら、それは間違いなく否である。まぁ、俺も初めて見た時は冷たい印象を受けたけれど。

「そんなことはないと思うがな。たぶんずっと見ていたら、高田も愛着が湧いてくると思うぞ。それによく見たら、シルエットとか丸くてコロコロしている感じとか、可愛く見えないか？」

「んー……言われてみればそうかも？」

てるてる坊主を眺めながら、首を傾《かし》げる高田。

景一に目を向けてみると、なぜか俺のことを腕組みして観察するようにジッと見ていた。

「……なんだよ」

ひょっとして俺が小日向とてるてる坊主を重ねたことがバレてしまったのかと思い、少し警戒しながら聞いてみる。すると景一は、顎に手を当ててから数秒沈黙し、納得したように小さく頷いた。

「別になにも。ただ、俺が思っているよりも相性は良いみたいだなぁ——って思っただけ」

からかうでもなく、たんたんと事実を述べるかのような雰囲気で景一が言う。

おそらく景一は勘付いているのだろう。俺が小日向のことを思い浮かべていたと。

しかしこいつの反応は、俺が思ったようなものではなかった。まぁ、いじられないのならそれはそれでいいんだけど……なんか不気味だな。

「なになに？　杉野《すぎの》はてるてる坊主と相性いいの？　晴れ男ってこと？」

「んなわけあるかアホ」

高田はとぼけた表情で能天気なことを言っている。こいつの表情の半分くらい、小日向に分けてやりたいところだな。


結局、休日には関わりのあった女子二人は、月曜から金曜日――学校がある日は一度も俺と話すことはなかった。今は行事らしい行事もないから男女で話し合うようなこともないし、冴島も小日向もクラスメイトとの交流に忙しいのだろう。

そもそも中庭での件も大きな事件ってわけでもなかったし、俺と彼女たちの関係もこれで風化していくのかもしれないなぁ。そう思っていたのだが、

「ちなみに二人が話しかけてこなかったのは、話し合って決めたことだからな。急に二人がそっけなくなったわけじゃないぞ？」

どうやら景一の仕業らしい。

金曜日の授業と掃除を終え、終礼までの間に帰宅の準備を進めていると、唐突に景一がそんなことを言ってきた。なんだよそれ、初耳なんだが。

「いきなりだな。というか当事者の俺が知らないとはどういうこった」

ちなみに俺はこの後さらに学食の掃除が待っている。

三十分の軽い労働で美味《うま》いメシが食えるのだから、放課後だろうと喜んでやるさ。ひとり暮らしに慣れてきたからか、黙々とひとりで掃除するのも苦ではないし。

「だって智樹《ともき》、仮に知っていたとしても『好きにすれば』みたいな感じだろ？　もしくは『わざわざ気に掛けないでいい』とか。言わないほうがスムーズだ」

「よくわかってんな……」

長い付き合いとはいえ、ここまで俺の考えを正確に当てられるとちょっと不気味だ。ひょっとして景一、俺のファンか？　機会があればおでこにサインでも書いてやるか。

「智樹にあの二人が話しかけてきたとして、そこに他の女子も交ざってきたら厄介だろ？」

「そりゃもちろん。小日な――あいつだったら十人ぐらいいても平気なんだけどな。話しやすいし」

中学の三年間で苦手がある程度沈静化してきているとはいえ、やはり多数の女子を前にすると気が滅入《めい》ってしまうからな。なお、小日向は例外である。喋《しゃべ》らないし、何を考えているのかいまいちわからないからな。

机の上に通学バッグを乗せ、俺はそれを枕にして突っ伏した。

明確に彼女たちの名前を出さないのは、教室で万が一誰かに聞かれたら面倒だと思ったからだ。

冴島はともかく、桜清《おうせい》高校の愛されキャラである小日向が、休日に俺と会っている（こっちは仕事だが）などと噂《うわさ》されたら、どこから敵が湧いてくるかわかったモノじゃない。

E組女子が良い例である。

俺の『小日向は話しやすい』発言を聞いた景一は、どこか感心した様子で頷いた。

「あぁ……なるほど。なんとなくだけど、あの子が智樹に懐いてる理由が分かった気がする」

「？　別に懐いてないだろ？」

アメを貰《もら》ったのはお詫《わ》びの印と言っていたし、休日に職場に来たのは景一の差し金だったはずだ。どこにも懐いていると判断する要素はないと思うんだが。

「俺はあの二人と苦手克服会議で話すことがあるから……色々聞くんだよ。まぁそれはいいとして、智樹はあの子と『話しやすい』って思うんだよな？」

「そりゃな。俺が喋る女子が苦手ってことから予想できるだろ」

景一には前にもそんな話をした気がするが、再度肯定する。

俺にとって小日向以上に話しやすい女の子は、少なくとも桜清高校にはいないだろう。

男子と比べたらそりゃ意思疎通は難しいかもしれないが、小日向とのコミュニケーションは別に苦ではない。むしろ攻撃性がないから、穏やかな気持ちで接することができる。

というか苦手克服会議って――わざわざ名称までつけるなよ。

「話しやすいって思ってるの、彼女の周りには智樹ぐらいしかいないんじゃないか？　普通は喋らない人に対して『話しやすい』って感想は出てこないだろ。声が出せない病気ってわけでもないみたいだし、スマホ使って文字を書くのも、必要に駆られてって感じだったからな」

バイト先で『来たぜ！』と見せてきたのは果たして必要なことだったのだろうか……？

そんなどうでもいいことが頭に思い浮かぶ。

「たぶん智樹のそういう気持ちが、あの子にも伝わってるんじゃないか」

伝わっているというか……面と向かってそんなことを言ったな。小日向と話すのは落ち着くとかそういう感じで。

……よくよく考えると俺、結構恥ずかしいことを言ってないか？

小日向が恋愛とか――そういうことに無関心そうだから、俺もあまり気に掛けなかっただけなのかもしれない。俺自身、小日向を恋愛対象というよりも、妹とか娘とか――そういう保護対象として見てしまっている気がする。

「別に伝わっていようとそうでなかろうと、俺は何もしないよ」

身体《からだ》を起こし、俺は前方で男女に可愛がられている小日向を見る。彼女の後ろの席の男子生徒は現在別の場所にいるようで、顔を上下左右に動かす小日向の姿が見えた。

俺は彼女の特別な人ではないし、彼女は俺の特別な人ではない。

少し話しやすいだけで、たまたま同じ教室に通うことになった同学年の生徒にすぎない。

距離が離れたとしても、何の問題もないはずだ。

「バイト先にも無理にこようとするなよ。冴島には『売り上げに貢献してくれ』なんて言ったけど、高校生が毎週払うには高い金額だからな」

飲み物はだいたい五百円ぐらいだし、デザートはそれよりもさらに高い。

俺の言葉に景一は腕組みをしてから目を閉じ、「そうなんだよな」と頷《うなず》いた。

「それは苦手克服会議の議題にもなっていたんだ、俺はともかく、あの二人は親の小遣いしかないからな。このままでは続かないと……俺が奢《おご》ることを提案したんだけど、二人とも『それは嫌』だってさ」

いったいこいつらはいつそんな会議を行っているのだろうか。不思議だ。

「それはやりすぎ。というか、別に続ける必要はないって言ってるだろ。無理に行動しなくても、いずれ時間が解決してくれるような問題なんだし」

呆《あき》れ混じりに言うが、景一は俺の言葉を聞き入れるつもりはないようだ。

話題を変えようとしたのか、景一は唐突に——

「今日は学食の掃除以外に予定ある？　遊びに行っていい？」

と、そんなことを聞いてきた。はぐらかす手法が雑すぎる。

俺はため息を吐《つ》いてから「別にないよ、暇してる」と答えた。

「よし！　じゃあ遊ぼうぜ！」

「了解。景一は教室で待つか？　待つならいつもどおり三十分は掛かるぞ」

「そうする。俺たちを待たせてるなんて思わなくていいから、いつもの感じでいいぞ」

笑顔でそう言う景一。

「りょうか——ん？　ちょっと待て。お前いま、なんていった？」

俺の聞き間違いでなければ、「俺たち」と言ったように聞こえたんだが……。聞き間違いだよな？　もしくは言い間違いだよな？

もしかしてさっきの話は、景一が無理やり話題を切り替えたわけではなく、単に話の延長だったのではないか……？　そんな考えが脳裏に浮かぶ。

「まさかとは思うが……あの二人が家に来るとか、言わないよな？」

俺が恐る恐るそう問いかけると、景一はニヤリと口の端を吊《つ》り上げるのだった。


学食の掃除を終えた俺は、叔母の朱音《あかね》さんに事情を話して食事を持ち帰れるようにしてもらった。待たせているのが景一ひとりだったならば、学食に来てもらって話をしながら食事を済ませるのだが、本日はそうも言っていられない。

関わりの薄い女子二人を待たせながらのんびりしていられるほど、俺は図太い神経を持ち合わせていないからな。

……しかし本当にこの展開は予想してなかった。

冴島と小日向が学校で関わってこなかったのは、まさに嵐の前の静けさだったってわけか。景一もよくやるよ。

俺は掃除用具を片付け、食堂で働いている人たちに挨拶をしてから、叔母が用意してくれたパック詰めのかつ丼を鞄《かばん》に収納。

友人と女子二人が待つ教室へと、早歩きで向かって行った。

☆　☆　☆　☆

二年C組の教室の戸を開けると、他のクラスメイトたちはすでに帰宅、もしくは部活に向かったようで、そこには見知った三人しかいなかった。なぜか景一は教卓の前に立っていて、冴島と小日向は前列の席に座っている。授業でもしてたのかよ。

「おつかれ智樹！」

「杉野くんお掃除お疲れさまーっ！　働き者だねぇ！」

教室に入ってきた俺に対し、景一は笑顔で、そして冴島も同じく明るい表情でねぎらいの言葉を掛けてくる。ちなみに小日向はいつもの無表情でこちらにスマホを向けていた。遠いから見えない。

「えぇっと……『おつかれさま』、か」

近づき、俺が代わりに読み上げると、小日向はコクコクとどこか嬉《うれ》しそうに頷く。無表情なのになぜ嬉しそうに見えたのかは、俺ですらもわからない。頷きの速度か？

「三人とも待たせて悪いな。といっても、事前に話してくれていたなら、色々とやりようはあったんだがな」

別の日に掃除をして、今日は食事だけもらうとかさ。

俺は秘密裏に計画が練られていたことに対し、不満があることをほのめかして言う。

なにしろ俺はいままでの人生で女子を家に入れたことなんてないんだぞ。

一時は「関わるな」と言ったけれども、同級生の女の子が家に来るというのならば、ちょっとしたお菓子を用意したり、消臭剤を買ったり、見られてマズい物がないかチェックしたりと、年頃の男子高校生にはいろいろと準備が必要なのだ。

「まぁまぁ、内緒にしておこうって言ったのは俺だからさ。むしろ二人は智樹が困るんじゃないかって心配してたんだぞ？」

「やはりお前が戦犯か景一！」

「ははは、今度学食奢るから許してくれ」

こいつはすぐに俺を食事で釣ろうとしやがる……とてもありがたい。

「特定食な」

「本当に躊躇《ちゅうちょ》ないよな智樹！　奢る前にストックが増えちゃうんだけど⁉」

これで二つ目の特定食か。貯金しているみたいでなんだか気分が良い。実際は消化する前になにかしらで帳消しにされてしまいそうだが。

景一に判決を言い渡した俺は、居心地の悪そうにしている女子二人に視線を向ける。そして肩を竦《すく》めた。

「本当に前あったことはもう気にしなくていいんだぞ？　これは俺の問題だからな」

女子二人——特に冴島は罪悪感を原動力としていそうなので、なるべく穏やかな口調になるように意識して言う。

彼女が俺に対して気を遣う必要はないし、バイト先や家に来る必要もない。

だが俺の言葉を聞いた冴島は、なぜかちょっと照れたような顔つきになった。

「杉野くんは『気にしなくていい』って言ってくれてるけど、やっぱりちょっとその気持ちはあるんだ。でも、それとは別に男子の家に行くのって初めてだから、単純にちょっと楽しみ！」

なるほどね……好奇心もあるってわけか。しかし冴島が男の家に行ったことがないとは、少し意外だな。冴島は遊んでそうって雰囲気はないけど、普通に恋愛してそうだし。

「冴島って彼氏とかいないの？」

「うん、いまはあんまり興味ないかな。明日香《あすか》といると楽しいし！」

俺のぶしつけな問いに、彼女は少し困ったような表情で答えた。

冴島の容姿と性格ならば、男子に告白されたりしていてもおかしくないと思うのだが、何か理由があったりするのだろうか？　実は結構な面食いとか？

少し気になったものの、これ以上ツッコむつもりもないので、俺は視線を小日向に向ける。すると彼女はコクコクと頷いていた。

冴島と同様、小日向も恋愛に興味がないということだろうか。これはなんとなく予想通りだけど。小日向に彼氏がいたらちょっとショックかもしれない。そしてもし小日向に好きな男がいたとしたら、ちゃんとした人物なのか確認したい。

――はっ、もしやこれが娘を想《おも》う父親の心境なのだろうか⁉　いや違うだろ。

「小日向も男の家は初めてか？」

心の中でセルフノリツッコみを完遂してから小日向に問いかけると、彼女はコクリと頷いた。小日向も冴島と同じで、どこかそわそわしているような感じだな。

「言っておくが俺の家に来ても、やることっていったらゲームぐらいしかないぞ？　いちおうコントローラーは四つあるから、全員でできることはできるけど。そんなんでもいいのか？　女子が普段何して遊ぶとか、悪いが俺は知らない」

コントローラーが四つ常備されているのは、別の高校に行った小学校からの友人二人が、いまでもたまに遊びに来るからだ。長い付き合いである。

「もちろんいいよ！　私もゲーム好きだから、明日香の家でたまにするし」

「なら良し。じゃあゲームするってことで、小日向もそれでいいか？」

小日向に確認すると、彼女は大きく頷く。そしていつか貰《もら》ったアメを手の平に乗せ、おずおずと差し出してきた。

腹が膨れるわけではないが、このアメは嫌いじゃない。これも小日向の言葉の一種みたいなものだしな。俺は小日向の手からアメをつまみあげて、「ありがとな」とお礼の言葉を口にした。

☆　☆　☆　☆

俺の住むマンションは、学校から見て駅がある方角に十分歩くことで辿《たど》り着く。そして俺の家から駅に行くまでは、だいたい十五分ぐらいだ。

都会とも田舎とも言い難い街並みだが、利便性がいいために利用者も多いし家賃もそこそこ高い。いわゆるベッドタウンのような感じだ。

ちなみに景一の場合は電車通いなので、徒歩の場合は駅から三十分弱かかるのだが、朝はバスの本数も多いので、そちらを利用しているようだ。

「へぇ、じゃあ冴島も小日向もこの辺に住んでるんだ。穴場の店とかあったら智樹に教えてやりなよ」

後ろ向きに歩きながら、景一が女子二人に言う。電柱にぶつかれ。

現在、俺と景一の二人が前を歩き、女子二人が後ろにいるといった形になっている。自然とそうなった。

「うーん。でも正直あたしもあまりお店とか詳しくないんだよね。杉野くんが働いている喫茶店のことも知らなかったぐらいだし……明日香もだよね？」

と、冴島が小日向に話を振ると、彼女はコクリと頷《うなず》く。

「あそこは穴場っぽいもんな」

「前にも言ったけど、道に迷ったときにたまたま見つけたんだよ。運が良かった」

俺は良いバイト先を探すために、チラシやネットだけじゃなく自分の足も使って探した。できるなら一か所で長く働けたほうが良いだろうし、自分の目で雰囲気を見たかったってのも理由のひとつ。

そんなことを考えながら歩いていると、景一がニヤリと笑みを作った。

そして――、

「なんにせよ、二人は智樹のマンションまで距離が近いみたいだし、気軽に遊びにこられるな」

悪びれる様子もなく、そんなことを口にした。

「おいおい、家主の意見はどこにいった」

「だって智樹、学校が終わったあと毎日暇そうじゃん」

「暇なのは間違ってないが、こいつらは女子なんだぞ？　男子が遊びに来るのとはわけが違う。俺も気を遣うし、二人の都合もあるだろうが」

呆《あき》れ混じりにそう言うと、後ろから制服の裾をツンツンと引っ張られた。

こんなことをするのは一人しか思いあたらないので、俺は顔を確認するまでもなく、「どうした小日向？」と、問いかけながら振り向く。すると彼女は、ブンブンと頭を横に振っていた。

「……ふむ……別に平気ってことか？」

そう確認すると、小日向はコクコクと頷く。

あぁ……なるほど。彼女は俺を異性として認識していないんだろうな。俺も彼女のことをそういう目で見ていないから、人のことは言えないが。

それに彼女の周りには男女問わずに人が寄ってくる。だから俺もその一人としてカウントしている可能性が高い。バイト先に来てくれるぐらいだから、ほんのちょっとぐらいは、特別視してくれているのかもしれないけど。

「ただいまー」

「おじゃまします」

「…………（ペコリ）」

俺の家に、クラスメイトの三人が三者三様の挨拶をしながら入ってくる。

というか景一、『ただいま』はどう考えてもおかしいだろうが。だがツッコまんぞ。

俺はつい先ほど、三人を玄関扉の前で数分待たせて、部屋の換気と室内のチェックを高速で終わらせた。だから何も問題はないと思うが、さすがに女子を家に入れると緊張で心拍数が上がってしまう。女子と関わらないようにしていたとはいえ、多感な年頃でありますので。

「ゲーム機は俺がリビングに持っていくから、景一は冷蔵庫からお茶でも出しておいて、人数分」

「了解～、コップはどれでもいい？」

「好きなのを使ってくれ。えーっと……小日向たちはそこに座っていてくれるか？　準備は俺たちでやるからさ」

俺はそう言って、女子二人にこたつへ入るよう促す。

もう季節的に暖かくなっているため電源コードは外してあるが、こたつ布団はそのままだ。女子二人は俺に言われるがまま——だけど少し緊張した様子で、こたつの前に腰を下ろしたのだった。

自室に行って通学バッグを置き、学生服の上着だけハンガーにかけた俺は、ゲーム機を持って三人が待つリビングに向かう。そして、固まった。

「そうか……そうなるのか……」

目の前に広がる光景を見て、俺は思わずそんな言葉をつぶやいてしまった。

俺の住むこのマンションのリビングには、横長のこたつ、それから薄型のテレビを乗せたテレビボードがある。

四人でゲームをするとき、こたつの一面は使えない。なぜならその場所はテレビの目の前で、視界的に邪魔な位置だし、向きが逆だ。

だから小学校の頃からの友人と四人で遊ぶときは、左右に一人ずつ、そして正面の横長の一面を二人で使っていた。

だが、今日は男子二人に女子二人という初めてのメンバーだ。色々と制限がある。

「俺は別にいいんだけどさ、小日向たちはその配置でいいのか？」

そう問いかけた理由は、空いているスペースが小日向の隣だけだったからだ。

左の面に景一、右の面に冴島——そして正面の横長の一面には、小日向が右に寄って座っている。小日向はこちらを斜め下から見上げて、コクコクと頷いた。

「こっちの方が明日香と話しやすいし、杉野くんも明日香と話しやすいんでしょ？　だったらこれが一番いいかなって」

えへへ、とはにかみながら冴島が言う。三人は納得しているようだし、俺に配慮してくれた結果ならば、否定するのは申し訳ない。

しかし、しかしだ。

口では格好つけてクールに『別にいいんだけど』と言ってみたものの、女子のすぐ隣に――しかも電車の座席なんてものではなく、こたつだぞ！　わかるか!?　ＫＯＴＡＴＳＵだぞ!?　平常心でいられると思うか!?

しかも相手は見た目も言動も可愛《かわい》らしい小日向ときた。

相手がこちらを全く男として意識してなさそうなのが少し空《むな》しくなるが、俺が意識するかしないかはまったく別の問題である。小日向のことは恋愛対象というより、どちらかというと保護対象の感覚が強いから、いくらかマシなんだけども。

「お、お茶ありがとうな、景一」

「――ぷっ、くくっ――気にするなよ」

こたつに足を入れながら必死に平静を装っていると、景一は顔を俯《うつむ》かせて笑いを堪《こら》えていた。

てめぇおぼえとけよっ！　特定食の奢《おご》り追加されたいのか！

「せ、狭くないか？　もう少し詰めようか？」

平常心平常心平常心――そう心の中で呟《つぶや》きながら、隣の小日向に問いかける。身体《からだ》と身体の距離は、僅か十センチほどしかない。

俺の問いに、小日向は特に気にした様子もなく首を横に振る。一瞬チラッと俺の目を見たが、すぐに視線を逸《そ》らされてしまった。

「……そ、そうか」

まさかとは思うが、小日向も景一のように俺が動揺しているのに気づき、心の中で笑っているのだろうか……？　無表情ながらも必死に笑いを堪えていたりするのだろうか？　だとしたら寂しい。俺の勘違いだと願いたい。

相変わらず、小日向の心のうちは読みづらいな。


何のゲームをしようか、という話になった。

自慢じゃないが、俺の家には様々な種類のゲームがある。

ＲＰＧはもちろん、バトルロワイヤル系、レース系、シミュレーション系、ボードゲーム系などなど。ほとんど網羅しているのではないかと思うぐらいには、数が多い。

理由は俺が中古で気になったものを適当に買ったり、友人が俺の家でゲームをするために持ってきたりするからだ。その中には景一が持ってきたソフトもいくつかあるし、別の高校にいった友人が持ってきたものもある。

そんな風に皆が色々なゲームをほいほいと持ってくるものだから、いつの間にか家主も知らぬソフトが収納されていたり――なんてこともしばしばだ。

「種類が多いとは言っても、四人でやるとなるとある程度は限られるからな。冴島たちは苦手なジャンルはあるか？」

「うーん……特にないけど、操作をたくさん覚えなきゃいけないタイプのゲームは足をひっぱっちゃうかも」

冴島がそう言って、小日向も同意するように頷く。

そりゃ初見でプレイヤースキルが重要視されるようなゲームをしても楽しめないだろう。

今回は適度に運が絡むような感じで、四人でわいわい楽しめるソフトがいいよな。

白熱するようなゲームで小日向がどんな感じになるのだろうかと少し気になったけど、それはまたの機会があればということで。

「じゃあ『人生迷路』にしとくか？　操作簡単だし、ミニゲームも面白いしな」

「おっ！　いいねいいね！　あたし好きだよ人迷《じんめい》っ！」

人生迷路——略して人迷。

これは簡単にいうとスゴロクのようなゲームだ。国内国外問わずに大ヒットしているゲームであり、既に十作以上のシリーズ作品が発売されている。子供から大人まで遊べるし、操作は単純なので難しくもない。

最新作は中古でも高いからまだ持っていないが、その一つ前のソフトならば俺も買った。

「小日向も景一もそれでいいかー？」

引き出しの中を覗《のぞ》き込んでソフトを探しつつ、二人に問いかける。

「いいじゃん！　いつもと違うメンバーだし面白そうだ。小日向も賛成だって」

俺の視界に彼女はいないが、賛成ということはおそらくコクコクと頷いているんだろう。

「了解、じゃあ景一は本体準備するの手伝ってくれ」

「おっけーい！」

景一はそう元気よく返事をして、てきぱきと慣れた様子でコードを繋《つな》いでいく。

このゲームなら軽く談笑しつつできるだろうし、無理に相手に気を遣ってプレイする必要もないだろう。技術よりも運要素が強めだしな。

とりあえず今日の急な訪問は、このゲームのおかげで平和に乗り切ることができそうだ。

などと思っていた時期が俺にもありました。綺麗《きれい》な即堕《お》ち二コマです。本当にありがとうございました。

「その、小日向――これは俺の意思とは関係なくて、あくまでルーレットのせいというか……いや、別に小日向が嫌とかそういうわけじゃなくて、どっちかというと好ましいほうなんだけど、それとこれとは話が別というか」

言い訳のように、俺はそんな情けない言葉をつらつらと並べる。普段ならまず口にしないような恥ずかしいこともつい話してしまったが、それどころではないのだ。

額に冷汗を滲《にじ》ませながら必死に弁明する俺を、景一と冴島はニヤニヤと楽しそうに見ていた。

お前らは他人事《ひとごと》でいいよなぁ！　少しは当事者たちの気持ちも考えてくれよ！　気まずくてしかたないんだが!?

「…………………」

そして俺の魔の手に捕まってしまった小日向はというと、相変わらずの無表情のまま隣に座る俺のことを一切見ようとせず、俯いてコントローラーに視線を落とすか、上目遣いでテレビの画面を見るかのどちらかだ。

そして、いつものように頷《うなず》いたり首を振ったりすることもほとんどない。たまに顔を五ミリぐらい動かしてくれるものの、擬音語がつけられるような大きな動作はなく、表情もいつも通りの無である。

「いやぁ、お二人は子沢山で羨ましいですなぁ」

「本当ですなぁ唐草さんや。またご祝儀を包みませんと」

「「いやーめでたいめでたい」」

景一と冴島は息をピッタリ合わせてそんな言葉を口にする。

「ぶっとばすぞお前たち！　これはあくまでゲームだからな⁉」

景一の言う通り、俺と小日向の間にはすでに多くの子供が誕生している。ついさきほど七人目の子供が生まれた。生ませてしまった。

男四人でこのゲームをやるときは、ゲーム内に登場する女性キャラとランダムで結婚していたのだが、プレイヤーに女性がいる場合、そちらも結婚対象になることをすっかり失念していた。

仕方ないだろ！　女子とゲームとかしたことないんだから、そんな仕様すっかり忘れてたわ！

恐る恐る隣に座る小日向に目を向けると、プルプルと微《かす》かに震えている気がする。

ゲーム内でとはいえ、同級生と結婚することになればそりゃ恥ずかしくもなるだろう。

しかも相手になんの同意もなく子供を生ませられているのだ。気まずくないはずがない。小日向の感情が『屈辱』でないことを祈っておこう……ぶち切れの小日向なんか見たくないよ。

景一がルーレットを回している間に、俺は小日向にひそひそと声を掛ける。

「お、怒ってるのか小日向？　嫌な気分にさせてしまったならすまん」

そう問いかけると、小日向はごくごく僅かに首を横に振る。

注視していないと見逃しそうなレベルだが、否定の意を示したことはたしかだ。大丈夫、ということだろう。

「そそそ、そうか、ゲームが飽きたならいつでも言ってくれ。それと、また生ませてしまったらすまん。先に謝っとく」

現実世界で聞いたならば、責任感を感じられない非常に最低な男の台詞《せりふ》ではある。

だが、ゲームだと他のプレイヤーからお祝い金がもらえたり、最後の決算の時にもメリットがある。いいこと尽くしのはずなのだが、相手がクラスメイトの女子となると、そればかりに目を向けてもいられないのだ。

もう最下位で構わないから、平和に終わってくれ。平和が一番なんだ。

そう願いながら冴島の起こしたイベントを眺めていると――、

「――へ？」

ぺち――と、俺の右肘のあたりを、小日向がその小さな手で叩《たた》いてきた。いや、触れたと言ってもいいぐらいに軽いものだったのだが、意外すぎる行動に思考が一瞬フリーズしてしまう。

なんだ――いったいなんなんだ今の動作は。どういう意図があっての行動だ⁉

急に叩かれたことに対して、嫌悪の感情は一切湧いてこない。

女子に触れられたことで、ただただ頭がパニック状態になっているだけである。

「あ、あの……小日向さん？」

俺は錆《さ》びたブリキのようにぎこちない動きで、首を動かして小日向を見た。

「…………」

相変わらず感情の読み取れない無表情。しかし小日向は俺の視線から逃れるように、スイーっと顔を右に向けるのであった。

俺と小日向の子作り物語――ではなくて、人生迷路は冴島が僅差で勝利をもぎとる結果となった。ちなみに二位は小日向で、三位が景一。俺の順位は言わずもがな。

ミニゲームではそこそこ勝てていたんだけどなぁ、いかんせんルーレット運がなさすぎた。あそこまで子作りに極振りした回は、きっとこれが最初で最後だろう。

「そろそろお開きにするか。外も結構暗くなってきているし」

時刻は夜の七時半を少し過ぎた頃。

時間があれば他のゲームをして遊んでも良かったのだが、女子もいることだし、あまり遅くなっては彼女たちの家族も心配するだろう。

ちなみに景一の場合は、いざとなったら泊まればいいからあまり心配していない。布団もあるし、向こうの家族も公認だし。

急に学校の女子二人が来ることには戸惑ったけれど、終わってみれば結構楽しめたと思う。

THE・陽キャ！　といった感じの冴島も、喋《しゃべ》りすぎないように気を付けているようなので、俺としてはそこまで苦に感じない。口に出したら冴島はさらに張り切ってしまいそうだから、面と向かって「ありがとう」とは言えないけど。

小日向はというと、俺との子供がたくさん生まれたせいか、ゲームが終わってからも少しぎこちないように見える。最後にもう一度肘を叩かれたけれど、俺としてはタッチされたぐらいの感覚だった。

しかし小日向にはもうちょっと俺の気持ちを考えてほしいところだ……あと、自分の愛らしさを自覚してほしい。思わず頭を撫《な》でそうになってしまったぞ。

「冴島と小日向の家はどっち方面？」

俺と一緒にゲームを片付けていた景一が、残ったお茶を飲みほそうとしている女子二人に問う。補足情報として、小日向はお茶を飲むとき必ず両手でコップを包み込むようにもっている。喫茶店でもそうだった。可愛《かわい》い。

「――ん。あたしはこのマンションからだと……駅側かな？　ちょっとだけそれるけどね。明日香はイレブンマートの近くだよ」

「なるほど」

となると……冴島は景一と一緒に帰ってもらえばいいとして、俺は小日向を送り届ける感じがいいか。

家までの距離が近いとはいえ、夜に小日向のような小柄で可愛い女の子を歩かせるなど、俺としては気が気じゃない。相手が了承してくれるのならば、俺の心の平穏のためにも是非送らせてほしい。

――はっ！　また保護欲が増加しているような気がする！

「じゃあまた学校で」

マンションから出たところで、俺は景一と冴島に向かって別れの挨拶をする。

あの二人、いつの間にか仲良くなってるよなぁ。例の苦手克服会議とやらの影響だろうか？　そもそも二人とも社交的な人種だから、打ち解けるのが早かっただけかもしれないが。

「おう！　またな智樹、小日向！」

「杉野くん明日香をよろしくね～。君なら大丈夫だとは思うけど、送り狼《おおかみ》になったらダメだからね！」

「アホか！　……小日向は俺がちゃんと送り届けるから、安心してくれ」

俺の言葉に、冴島は満足そうな表情で「うんうん」と言いながら頷いた。ちなみに景一はニヤニヤしている。ムカつくので、俺もニヤニヤで返してやった。特に意図はない。

「イレブンマートの近くだったら、便利だな」

小日向と街灯が照らす住宅街を歩きながら、俺は独り言のように呟《つぶや》く。

ひとつ隣の通りはそこそこ車が通っていて、時々車の排気音が聞こえてくる。だけど、その合間はお互いの足音が聞こえるぐらいには静かだ。足元は少し暗くなっているので、小日向が何かに躓《つまず》いてしまわないか注意しながら歩く。

「ゲームぐらいしかしてないけど、楽しめたか？」

小日向の顔がある左下方向に視線を向けて問いかけると、彼女は制服のポケットからスマホを取りだした。どうやら文字を打ち込もうとしているようなので、足を止めて彼女が入力するのを待つ。

画面を見せてもらうと、そこには『楽しかった』という実に簡潔な文章が記されていた。

小日向がスマホをポケットにしまうのを確認して、再び二人で歩き始める。

「そっか。俺も女子と遊ぶのは初めてだったからどうなることかと思っていたけど、意外と楽しめたよ。あの子作りラッシュにはさすがに焦ったけどな」

そう何気なく呟くと、小日向は歩きながら俺の腰辺りをぽす――と叩いてきた。

「あはは、悪い悪い。でも俺も恥ずかしかったんだからお互い様だろ」

軽く笑いつつ小日向の反応を確認すると、彼女は視線を足元に向けながら小さく頷いていた。

そういえば景一が小日向は俺に懐いている――なんてことを言っていたけど、この何気ない身体《からだ》の接触はつまり、そういうことなのだろうか？

まぁ、本人に向かって「俺に懐いてるの？」なんて聞くことができるはずもないので、結局は予想することしかできないのだが。

俺と小日向の間には手を繋《つな》ぐには少し遠いぐらいの距離がある。出会った当初からの無表情も変わらない。だけど、心の距離はいくらか近づいているように感じた。

小日向の家は、本当にイレブンマートの近くだった。コンビニからおそらく徒歩一分もかからないだろう。この二十四時間営業のコンビニは俺もよく利用するので、なんとなく彼女に親近感を覚える。

年頃の女子だし、家を知られたら嫌がるかもしれないと思って「行き先はコンビニにしておこうか？」と確認したけど、小日向としては家まで来ても別に問題ないとのことだった。

警戒心がまったくないように感じたので、つい「そう簡単に家の場所を教えるもんじゃないぞ」などと、保護者みたいな注意喚起をしてしまった。俺は心配だから送らせてもらったほうが良いのだけども。

そして辿《たど》り着いた小日向家。

街並みに溶け込んだごく普通の一軒家で、植栽は綺麗《きれい》に手入れされているようだった。周囲が暗いので、ライトに照らされている一部しかはっきり見えないものの、全体的に整っている印象を受ける。

「今日はありがとうな。俺の苦手克服のため――って感じなんだろうけど、楽しかったよ」

門扉の前で、別れる前に声を掛ける。小日向はブンブンと顔を横に振る。これは気にしなくていいってことだろうか。

それから彼女は俺の顔をチラっと見上げたあと、どこかそわそわした様子で俺へと一歩近づく。そして俺の胸の前で、顔を俯《うつむ》かせていた。俺からつむじが良く見えるような体勢である。

この行動はいったいどういう意味のボディランゲージなのだろうか……。頭を撫でてほしいとか……？　いやいや、それはさすがに違うだろう。

理由を考えてみてもわからなかったので、彼女に質問してみようかと考えていると「ガチャ」という音が小日向の家の玄関から聞こえてきた。

そして――、

「……あーら、あーらあらあらあらあらっ！　もしかして君は噂《うわさ》の杉野智樹くんかな？」

玄関から、グレーの上下スウェットを身に着けた、大学生ぐらいに見える女性が姿を現した。

髪は冴島よりも少し明るい茶色に染めており、身長も身体つきも小日向とは違っていて、パッと見た感じだと姉妹に見えない。だがよくよく観察すると、口や目元など、各所のパーツに同じ雰囲気を感じる。

突如現れた小日向のお姉さんと思《おぼ》しき人は、口元に手を当て、ニヤニヤとした目つきで俺と小日向を交互に眺めていた。財布を手に持っていることから、コンビニに行こうとしていたのではないかと推測する。

「あー……はい、杉野です。えっと、今日は小日向――明日香さんたちと俺の家でゲームしていたんですけど、家が近いようなので送らせてもらいました」

会釈しながら、変に勘違いされないように説明する。

隣の小日向がピクリと身体を震わせていた。原因は不明。

「うんうん。妹と野乃《のの》ちゃんから聞いているよ。君はまだ高校生だっていうのにひとり暮らしをしているらしいね、バイトも頑張っているみたいだし」

野乃ちゃん――あぁ、冴島のことか。小日向と冴島は昔から仲が良いみたいだし、家族とも交流があるのだろう。

というか俺の情報筒抜けだな。別に隠しているわけじゃないから構わないんだけども。

心の中でそんなことを考えながら苦笑していると、お姉さんは何かを思いついたようにポンと手の平に拳を落とす。そして――、

「せっかくだし、ちょっと上がっていったら？　うちは母子家庭なんだけど、お母さんは

仕事でいないから家には私しかいないよ」

そんな驚くべき発言をした。

女子を家に上げるだけでも気が気じゃなかったというのに、俺が女子の家に――？

俺は取り繕うこともできず、ただただ顔を引きつらせるのだった。

せっかくだし、ちょっと上がっていったら？――そう言われてからの展開はとても早かった。

断る言い訳を考えるよりも先に、俺は小日向のお姉さんに腕を摑《つか》まれてしまい、まるで拉致されるかのように小日向の家にお邪魔することに。

別に小日向の家に興味が無かったわけじゃないが、いくらなんでも急すぎるだろ。

当事者の俺はもちろん、小日向もいきなりクラスの男子生徒が自分のテリトリーに入ってくることになったからか、ひどく動揺しているように見えた。表情は相変わらずの『無』なのだけど、手や足の動きに落ち着きがない。

お姉さんはどうやら言葉より行動が先にきてしまうタイプのようで、俺自身もこのお姉さんが苦手なのかどうかよくわからない。一瞬だけ鳥肌はたったけれども、吐き気までは感じなかった。

リビングに案内され、促されるままにダイニングチェアのひとつに腰かける。

小日向がお姉さんをポカポカと叩《たた》いて抗議しているようだったが、耳元でお姉さんが何かを呟くと、顔を赤くしてリビングからテテテテテと出ていってしまった。階段を登る足音が聞こえてきたので、おそらくは自室に向かったのだと思う。

「君は茶色の麦茶。私は金色の麦茶」

「どう見てもお姉さんのは麦茶じゃなくてビールでしょう」

俺の的確なツッコみにもまったく動じた様子はなく、お姉さんはヘラヘラと笑いながら俺に麦茶の入ったコップを手渡してきた。

「明日香にさ、『うっかり明日香の部屋に案内しちゃうかも』って言ったら、慌てて部屋に行ったよ。あの反応は初めて見るから、実に興味深いね」

「自分の妹で遊ばないでくださいよ……というか、俺は絶対に行きませんからね」

「おや？　もしかして興味ない？」

「…………………ありませんね」

「ものすご～く間があった気がするけど、まぁそういうことにしておいてあげよう。お姉さんは優しいから」

どの口が言ってんだ！　優しい人は妹の同級生を拉致したりしねぇから！

などと、思わず心の中で悪態をついてしまうぐらいには、自由奔放すぎるお姉さんだ。

別に嫌いというわけじゃないが、話をしているだけでマラソン大会ぐらいには疲労を感じる。

はぁ……それにしてもなぜ俺はここにいるんだろうか。


その後、お姉さんは自分のことを『静香《しずか》』と名乗った。

びっくりするぐらいに名前と印象が合致していないけれども、気にしたら負けな気がする。

俺は静香さんに問われるがまま、学校での小日向の様子などを話す。そうしていると、リビングに話題の主役が戻ってきた。彼女が二階に上がってからそんなに時間は経《た》っていないし、元々綺麗にしてあったのだろう。

「部屋には入らないから安心してくれ。女性慣れはしていないけど、デリカシーがないわけじゃないから」

そう言うと彼女は、俺と静香さんの間――ダイニングテーブルの前で立ったまま、ぎこちなく首を縦に振る。

心なしか不満そうにも見えるけど……さすがにこれは俺の読み違いだろう。だって今の俺の発言を小日向が不満と感じるのなら、それは自分の部屋に来てほしいという意味になってしまうのだから。いくら片付けた後だからって、それはない。

俺たちのやりとりを見守っていた静香さんは、どこか納得したような表情を浮かべて腕組みをしていた。

「明日香は滅多《めった》なことで喋《しゃべ》らないけど、智樹くんからすれば話しやすいんだよね」

小日向、喋ることあるのか。

そのことに一瞬驚いたけれども、一緒に過ごす時間の多い家族ならば不思議はないか。

「そうですね。どこまで話が伝わっているのかわかりませんけど、俺は基本的に女性と話すのが苦手で――明日香さんは特別ですけど」

俺が今まで出会った女性の中で、一番気楽なのは間違いなく小日向だろう。比較的話しやすい店長と叔母でさえ、勢いよく話をされると息苦しく感じることがあるし。

俺の発言を聞いた静香さんは、興奮した様子でテーブルを叩いた。

「聞いた明日香!?　智樹くんが明日香のこと特別だってよ！　うひゃあ、これは青春の香りがしますなぁ！」

「そういう意味で言ったんじゃないですから！　からかわないでくださいよ！」

この酔っぱらいめ——しかたない……小日向！　やっておしまいっ！

そう思って、俺と同じ被害者である小日向に目を向けてみると、彼女はなにやら俯いて身体《からだ》をもじもじと動かしていた。

俺もギリギリな発言をしてしまった自覚はあるが、照れている場合じゃないぞ小日向！　お花畑が広がっているあの頭をポカポカと叩いてやってくれ！　身内のお前が頼りなんだ！

しかし残念ながら、俺の願い空《むな》しく小日向からは回復の兆しがまったく感じられない。

現在はお腹《なか》の当たりで指をツンツンと突き合わせている。その指ツンを姉のこめかみにぶち込んでほしい。

まぁその仕草は、ずっと眺めていたいぐらいに可愛《かわい》いのだけれど。

そんな感じでお姉さんによる妹と俺いじりは続いた。結局俺は一時間近く小日向家に滞在し、時刻が九時を過ぎる前に帰宅することになったのだった。

小日向と玄関で別れの挨拶をして、帰宅。

しかしなぜか静香さんも俺と同じく家を出てきてしまった。今度は俺の家に突撃するつもりか？　この人ならやりかねないから怖いんだが。

「元々コンビニに行くつもりだったし」

俺のいぶかし気な視線を受け取った彼女は、手に持った財布をプラプラと振って用事があることをアピールする。そういえばそうだったな。

「そうですか。じゃあ俺は帰りますんで……」

「おおっと！　か弱い乙女を深夜のコンビニに一人で行かせるつもりかね君は！　というわけで付き合ってね」

「……わかりましたよ」

色々とツッコみたい部分はあったけど、急いで帰る用事がないことはすでに話しているので、俺は大人しく静香さんに連行されることにした。九時前は深夜とは言わん。

まぁせいぜい帰るのが十分弱遅くなるぐらいだし、静香さんは俺と年齢が近いけれど叔母の朱音さんや店長と何処《どこ》か似た雰囲気があるので、あまり息苦しくもない。散歩と思えば別にいいか。

で、コンビニでの買い物は一瞬で終わった。

静香さんは店内に入ると、迷うことなく缶ビールとおつまみを買い物かごに入れる。むしろ「飲み物奢《おご》るから持っておいで」と言われた俺のほうが時間をかけてしまったぐらいだ。

「智樹くんはさ、明日香の『無口』と『無表情』――これって繋《つな》がりがあると思う？」

小日向家へと向かいながら、静香さんは前方を見据えたまま問いかけてきた。

「繋がり――というと、同じ要因かどうかってことですか？　先天的とか後天的とか」

「そうそう」

……ふむ、どうなんだろう。

あまり喋りたがらない人っていうのは小日向以外にもいるけれど、彼女ぐらい表情筋が動いていない人はあまり見かけない気がするな。だからといってそれがどんな答えに繋がるのかは、パッと思い浮かばないのだけど。

「……明日香さん本人が言いたくないのなら聞くつもりはなかったんですけど、勝手に静香さんが話していいんですか？」

「さぁ？　もしかしたら怒られるかもね。でも必要なことだから」

小日向家で話した時とは全く違う声のトーンで、静香さんは言う。

「……じらしても意味はないし答えを言うけど、智樹君の言葉を借りるなら『無口』は先天的、『無表情』は後天的なモノだね。明日香はすごく恥ずかしがり屋で、昔から全然喋らない子だったけど、喜怒哀楽はわりとハッキリしていたのよ。今みたいに無表情じゃなかった」

小日向家へと向かいながら、しみじみといった様子で静香さんが言う。

俺は沈黙を守ることで、彼女の話の続きを促した。

「うちは母子家庭――って言ったでしょ？　うちのパパが亡くなってから、まだ二年とちょっとしか経ってないんだ。明日香はパパのことが大好きだったから、かなり堪《こた》えたみたい――もちろん私も悲しかったし、たくさん泣いたけど、明日香と比べれば立ち直るのは早かったかな」

母子家庭と話していたけど、まさかそんなに最近のことだったとはな。

二年とちょっと……ということは、小日向や俺が中学三年に上がったばかりぐらいか。

うちも小日向と同じくひとり親だけど、俺の場合は記憶に残っていないぐらいの幼少期に母親が他界しているので、彼女たちとは心へのダメージはまったく別物だろう。

「ことあるごとに――こう、ぐりぐりーってね。猫みたいにパパのお腹に頭をこすりつけるのよ。あぁ見えてめちゃくちゃ甘えん坊だったからね、あの子。よく泣いていたし、よく笑ってた。だけどパパが亡くなってから、明日香の中で『しっかりしなくちゃ』って想《おも》いが強くなってるのかな――たぶん、甘えることを我慢しているんだと思う」

「……そうですか」

今の小日向からはあまり想像ができない。

無表情じゃない小日向も、甘えん坊の小日向も。学校だと、男子の手伝いを断っていたぐらいだし。

小日向が感じている苦しさを、なんとか頭の中で思い浮かべようとしたが、難しかった。表情を失ってしまうぐらいなのだ、容易に想像できる苦痛ではないだろう。それこそ俺のトラウマなんてものとは、比べられないぐらいに。

「でもね、最近はいい感じなんだよ。表情も少しずつ戻ってきてる気がする。あんなに明日香が可愛らしい反応するとは思わなかったから、ついつい調子にのってからかっちゃった」

片目を瞑《つぶ》り、舌をチロっとだして静香さんがおどける。

「ようやく小日向――明日香さんも、心の傷が癒《い》えてきたってことですか？」

二年とちょっと。その時間が長いのか短いのかは俺にはわからない。

だけど、小日向の心が良い方向に向かっているというのであれば、俺は素直に嬉《うれ》しいと思った。

「違う違う！　なんでわかんないかなぁ、君だよ君っ！」

ちょうど目的地である小日向家の前に辿《たど》り着いた頃、俺は静香さんにビシッと指を突きつけられた。いきなりのことで、俺は目を丸くして固まってしまう。

「あの子が『仲直りのお菓子が買いたい』って相談してきたときもそう、あの子が『クラスメイトの働く喫茶店に行きたい』ってお小遣いを欲しがったときもそう、あの子がそわそわしながら『明日友達の家に行く』って言ったときもそう、さっきめちゃくちゃに照れて動揺したときもそう――あの子の変化は、全部智樹くんのおかげなんだよ！」

犯人はお前だっ！　なんて言ってきそうな勢いで、静香さんは言う。

勢いよく語られてしまったが、俺は静香さんが話す内容に気を取られてしまって、身体は拒否反応を起こすこともなかった。

「まぁ、野乃ちゃんとかの助けもあってのことだとは思うけど、間違いなく今の明日香には君が必要だと私は思うわけ。だから姉としては――」

そう言って彼女は、俺の正面へと移動する。

「これからも明日香と仲良くしてあげてくれると、嬉しいかな」

そう言って、彼女は穏やかで優しい笑みを浮かべた。

今の静香さんが言った言葉の数々――小日向が俺のことを『友達』と認識してくれていたことや、わざわざ俺の為《ため》にお菓子を買ってくれていたことなど、詳しく聞いてみたい気持ちはもちろんある。

だけどそれよりも前に、俺は静香さんに言わなければならないことがあった。

「そういうの、やめてくださいよ」

俺がそう言うと、静香さんは「えっ」と、戸惑ったような声をあげた。

それから眉を寄せて、みるみるうちに苦笑いのような表情に変わっていく。そんな静香さんの顔を真っ直《ま》ぐ《す》に見ながら、俺は言葉を続けた。

「俺は俺の意思で、明日香さんと仲良くしたいんです──親しくなりたいと思っているんです。誰かの頼みだからなんて思いたくありません」

そこまで言ったところで急に照れくさくなり、俺は無意識に頰《ほお》を指で搔《か》いた。

「……なんて、ガキが偉そうなことを言ってすみませんでした。だけど、静香さんが心配しなくても、俺は明日香さんと友達でいたいと思っていますよ。そして彼女のことを、もっと知りたいと思います」

俺は小日向と仲良くなりたいと思っている──その感情が、口に出すことでスッと胸に馴染《なじ》んだ。

話しやすいから気が楽だとか、トラウマを刺激する心配がないからだとか、色々理由を付けていたけれど、俺はただ単純に、小日向と仲良くなりたかっただけなのかもしれない。

これが単なる友情なのか、保護欲なのか、はたまたまったく別の感情なのか、俺にはまだはっきりとわからないけど。

このとき、玄関の扉が薄く開いていたことを俺が知るのは、まだ遠い先の話だ。

第四章　ケーキも猫も半分こ

小日向《こひなた》や冴島《さえじま》との距離が縮まったように感じた金曜日。

そして喫茶店でのバイトに精を出した土日を経て、再び月曜日がやってきた。

色々思うことがあった金曜日は、帰り際に小日向の姉である静香《しずか》さんから連絡先を聞かれるというハプニングで幕を閉じた。

しかし連絡先を聞かれはしたけれど、こちらから連絡はしていないし相手からチャットがくることもなかったので、アドレス帳に一つ名前が増えたこと以外、何も変化はない。

おそらく万が一の時のための連絡先――という意図があるのだと思う。

俺としてはクラスメイトである小日向よりも先に、姉の静香さんの連絡先をゲットしてしまったことに複雑な感情を抱いているわけなのだが……はたして小日向はこのことを知っているのだろうか？　なんとなく聞きづらい。

「へぇー……じゃあ智樹《ともき》としてはあの子の連絡先をゲットしたいわけだ」

朝のＨＲ前。景一《けいいち》に金曜日にあった出来事を説明し終えると、なぜかそんな憶測が飛び出してきた。教室であることを加味してきちんと小日向の名前を出さないあたり、冷静であるとは思うのだが。

断じて小日向の電話番号やメールアドレスやチャットのＩＤを知りたくないわけではないけど、俺が小日向の連絡先を手に入れた所でどうすればいいのかさっぱりわからん。今日の晩御飯の献立とか連絡すればいいのか？　それを知っていったい誰が何の得をするというのか。

「どうしてそうなる」

「だってお姉さんだけじゃ不満ってことだろ？　家にも入れてくれるぐらい仲が良いんだったら、連絡先ぐらい普通だと思うけど」

ちなみに、景一には小日向家の詳しい事情や、俺の恥ずかしい発言については伏せてある。

勝手に話していいような内容じゃないし、発言に関してはからかわれるのが目に見えているから。

何が「自分の意思で明日香《あすか》さんと仲良くしたい」だよ……家に帰宅してからベッドでしばらく悶《もだ》える羽目になったわ。間違ったことを言ったわけではないが、発言には気を付けましょうね杉野《すぎの》智樹くん。

「家に入れてくれたのは小日向の意思じゃないぞ。まぁ、なんだ。不満というか変な感じだなぁってだけだよ」

たしかに俺は小日向と親しくありたいとは思っている。

だが俺は一晩悩んだすえ、これはやはり保護欲に似たようなものだと結論付けていた。

そりゃ小日向は可愛《かわい》いし、見ていて癒《いや》されるし、話をしていて落ち着く。

だけど恋愛感情とかじゃなくて、自分の娘とか、妹とかに抱く感情と類似性があるものに違いない。もちろん娘も妹もいなければ、恋愛感情もよくわかっていないので憶測ではあるのだけど。

ともかく、小日向と仲良くなりたいことには変わりないが、彼女と恋仲になりたいというわけではないのだ。たぶん。

「ふーん。まぁ、今はそれでもいいか――っと、噂《うわさ》をすればってやつだ」

景一はそういいながら、顎で教室の前方を差す。その方向へ目を向けてみると、小日向がテコテコといつも通りの無表情で入室し、クラスメイトたちから「おはよう」と挨拶をされているところだった。

今日も可愛いね。――とか。

転んだりしてない？ ――とか。

ちゃんと宿題やってきた？ ――とか。

小日向を精一杯甘やかそうとしているような、そんな声がたくさん聞こえてくる。

クラスメイトたちの気持ちは痛いほどわかる——なんといっても小日向は愛らしいからな。

だけどそれに対し、俺や景一を含むクラスメイトの中で、いったいどれくらいの人数が小日向のことをきちんと理解しているのだろうか？

彼女が以前は甘えん坊だったということや、父親を失い、自らの足で立とうとしていることを。彼女が周囲を頼ろうとしない理由を。

姉の静香さんでさえ不確かな物言いだったことを考えると、可能性があるのはせいぜい付き合いの長い冴島ぐらいだろう。

俺もわかっていなかったし、わかろうともしていなかったから何も言えないけど。

「ちっちゃな身体《からだ》で、あいつも頑張ってんだなぁ」

周囲の男女に向かってコクコクと頷《うなず》く小日向の後姿を眺めながら、ぽつりと呟《つぶや》く。

もし可能なら、俺は小日向をただ甘やかすだけの人間ではなく、彼女が甘えたくなるような——父親のような存在になりたい。俺は彼女が頷くのを見ながら、そんなことを思ったのだった。

「というわけで智樹、中庭に行こうぜ！」

「お前は本当に急だな……まぁ、俺は別にどこで食べてもいいけどさ」

「じゃあ行こう！　季節的にも時期的にも今が一番だからな！　学食はいつでも多いけど、中庭はまだ少ないし」

昼休み、鞄《かばん》から自作のおにぎりを取りだそうとしたところで、景一が唐突にそんなことを言ってきた。こいつはいつも通り菓子パンらしい。

昼休みの中庭は人気スポットであり、真冬や真夏を除けば人が多いのが普通だ。

だが新参者の一年生たちの数は、この時期だとまだ少ない。俺たちの代だと、ゴールデンウィーク明けぐらいから中庭に参入していた記憶がある。それまでは上級生たちに遠慮してわりと空《す》いているはずだ。

階段を下り、迷いなく中庭へ足を進める景一の横を歩いていると、前方に見知った顔があるのに気が付いた。

「あ、冴島だ」

以前小日向が蟻《あり》の行列を眺めていた木陰の付近で、バサバサとレジャーシートを広げようとしている冴島がいた。そして小日向は芝生の上に広げられたレジャーシートをペチペチと叩《たた》いて皺《しわ》を伸ばしている。

そういえば中庭で昼食をとる女子は、だいたいレジャーシートを持参しているよなぁ。

芝生だから男どもは基本的にそのまま地べたに座るけど。そして通学バッグをテーブル代わりにするのが一般的である。

「お待たせ～、おお、シート大きいな」

冴島に近寄っていき、景一が声を掛ける。おい、「お待たせ」ってなんだ。

「杉野くんも唐草《からくさ》くんもやっほ～！　二人用なら学校に置いてたんだけどね、四人じゃ狭いと思うから、せっかくだし休みの日に明日香と買ってきちゃいました！」

「え？　わざわざ買ったの？　俺たちもお金だそうか？」

「いいよいいよ～、ちょうどボロボロになってたし、買い替えるつもりだったんだ。それに半分に折れば、今まで通り二人用としても使えるからね！」

えへへ、とはにかみながら景一と話す冴島。

またあれか、俺だけをのけものにして計画を練っていたというやつか。

しかしこれでは教室で小日向や冴島の名前を出さないようにしていた意味が無くなってしまったんじゃないか？　中庭で一緒にご飯を食べていれば、その光景を誰が目にしてもおかしくない。

別にどうしても隠し通したいってわけじゃなかったけれど、こうなったからには多少のやっかみは受け入れる覚悟をしておくべきだろうな。やれやれ……また呼び出しのようなことが無ければいいけど。

「家で一緒にゲームしたぐらいなんだから、昼休みに一緒にメシ食べるぐらいでいまさら断らねぇよ。だから唐突にイベントを起こすのはやめろ」

「いやこれはただ単に智樹のビックリするところが見た痛い痛い痛い！　こめかみぐりぐりは痛い！」

景一に体罰という名の指導を行っていると、背後から制服の裾をツンツンと引っ張られた。振り向かずとも、誰がやっているのかはすぐにわかる。

――案の定、顔を後ろに向けてみると、そこには見慣れたつむじがあった。

景一の頭から手を離し――「ぐふっ」――小日向がいる方向へと身体を向ける。

「よ、小日向」

こちらを上目遣いで見上げてきた小日向に対し、俺は軽い挨拶をした。

静香さんが言っていた、小日向に良い変化がおきている――という話。

つまり彼女が挨拶のように腰をペチンと叩いてきたということを、俺は素直に喜ぶべきなんだろうな。

二年生と三年生によって賑《にぎ》わいを見せる中庭の一角で、俺たちはそれぞれ持参した昼ご飯を食べることになった。

空には白い雲が点々としている程度で、快晴と言って差し支えない空模様である。

日差しは温かく、この中庭にも建物の窓や校舎の入り口からは心地のよい風が流れ込んできている。今はまだ気持ちいいけれど、もう少し気温が上がったら汗ばみそうだな。景一の言った通り、季節的にも時期的にも最高である。

それぞれの食事の内容は――俺がおにぎり、景一は菓子パン、小日向と冴島はマイ弁当だ。冴島が用意してくれたレジャーシートの四隅に、俺たちはそれぞれ腰を下ろしている。

「人目は気にしないことにしよう。飯がまずくなる」

俺はシャケフレーク入りのおにぎりを片手に持ち、周囲を見渡しながらそう口にした。

「って言いながらも気にしてるじゃん。――大丈夫大丈夫、小日向はたしかに人気者かもしれないけど、智樹が警戒するようなことはないんじゃない？　ドラマじゃあるまいし、『小日向に近づくとは許せん！』みたいなことはないだろ～」

「それをあの時のE組女子に言ってみろ」

カラッとした楽観的な口調で言う景一に対し、俺は嘆息しながらそう答えた。

ははは、と乾いた笑いを漏らして俺から視線を逸《そ》らす景一。俺がそちらにジト目を向けていると、冴島が話題の転換を試みる。

「――というか杉野くんや唐草くんよりも、あたしの方がやばいかも。あまり意識してなかったけど、唐草くんって現役のモデルだよ？　明日香はまだ学校内の人気者で収まってるかもしれないけど、唐草くんはそうじゃないもん」

たしかに、言われてみればそうだな。

俺はこいつの恋愛事情に深く突っ込みはしないし、景一からも話してこようとはしない。だが、かなりの数の告白を断った――というのは本人に聞いたことがある。アイドルみたいに恋愛禁止なのかと聞いてみたけど、全くそんなことはないらしい。

ヘラヘラとしているけど、こいつがモテるのは誰の目にも明らかだし、冴島の懸念は正しいのだろう。

「あぁ……だから思ったよりも嫌な視線を感じないのかもな。景一と小日向なら同じぐらい有名だろうし、周囲はそれで納得しているんじゃないか？　だから冴島が心配することはないと思うぞ」

だからおそらく、小日向と景一は問題ない。

そして本人には自覚がないようだが、冴島は天真爛漫《てんしんらんまん》で社交性が高く、さらに容姿が良いから二人に交じっていても不思議はないだろう。

だが、悪い噂が流れている冴《さ》えない顔の俺がここに交じっていて本当にいいのだろうか……？　場違いすぎない？

改めて自分のスペックの低さに絶望していると、景一が頬張《ほおば》っていた菓子パンを胃に流し込んで、わりと真面目な表情で口を開く。

「別にさ、周りになんと言われようがなんと思われようが、別によくね？　俺たちの中で問題なければそれでいいじゃん。ひがみで嫌なことを言う奴《やつ》とか、別に仲良くなりたいと思わないし」

景一はバッサリと切り捨てるようにそう言うと、再度菓子パンを口に頬張る。クリームが口の端に付着しているのは黙っているべきだろうか。なんだかカッコいいことを言っているし、放課後ぐらいに教えてあげよう。

しかしこいつは本当に……強くなったよなぁ。小学校の頃の泣き虫だった景一はいったいどこへ行ったのやら。あの頃は俺の背中に隠れてばかりだったというのに。何がいったい景一をここまで強い人間にしたのやら。

「――それもそうだな。だけど、小日向や冴島はなにかあったら相談してくれよ。悪評がある俺と一緒にいるんだ、わけのわからんことを言い出す奴がいるかもしれないし」

景一と比べると、自分で言っておきながら悲しくなる現実だ。泣きたい。

情けない声のトーンでそんなことを言った俺に対し、

「あははっ、それこそ気にしないでよ。それに、少なくとも私の組の人たちは大丈夫だからね！　それとなく『智樹くんの噂は全部嘘《うそ》情報だった〜』って伝えてるから」

「C組もだな。高田《たかだ》がちょこちょこ誤解を解いているのを聞くし、女子も俺に聞いてきたりするから」

冴島と景一がそんなことを言う。

C組の件は俺も目にすることがあるからともかく……冴島、自分のクラスでそんなことをしていたのか。全然知らなかった。

「そこまでしてくれていたのか冴島は……ありがとな」

「いえいえ〜、きっかけこそ良くなかったけど、あたしは唐草くんや杉野くんと知り合えて良かったと思ってるよ！　二人とも面白いし！　それにしても、この前の子作りラッシュは最高だったよね！」

「おい！　その話題を掘り返すんじゃない！　精神的ダメージを受けるのは俺だけじゃないんだぞ！」

そう言って、真っ赤なタコさんウィンナーを小さな口に入れようとしていた小日向を見る。彼女は小さくまん丸に開けた口をゆっくりと閉じて、ウィンナーを弁当箱に戻した。箸を弁当箱の上に置くと、彼女はおもむろに俺がいるほうへ手を伸ばして、ペチ――と、俺の膝を叩く。

「えぇ⁉　今の俺が悪いの⁉　理不尽じゃね⁉」

思わず抗議の言葉を発すると、ぷいっと小日向は俺から顔を逸らしてしまった。

怒っているのか照れ隠しなのかはハッキリしないけど、可愛《かわい》いことだけは間違いない。

全員が昼食を食べ終えて、残りの休み時間をレジャーシートの上で過ごしていると、事件は起こった。

「――それでねそれでね、それ以来先輩たちったら明日香のことめちゃくちゃ可愛がってるのよ。もはや『小日向明日香信者』みたいな感じでさ！　まぁ明日香の可愛さは誰にでも伝わるものだと思うし、そのうち今の一年生にも広がっていくんじゃないかな」

事件――というのも大袈裟《おおげさ》なのだが、冴島トークが凄《すさ》まじい。本当によく喋《しゃべ》る。

俺は別に口を挟もうとしていないから、話を聞いてもらえないわけではないし、彼女の話は意見の押しつけでもなければ攻撃するような内容でもない。

だから比較的大丈夫と言えば大丈夫なのだが、少し背筋がぞわぞわとしてしまった。

いちおう景一は俺のことを気に掛けてくれているようだが、おそらくこれも苦手克服の一環なのだろう、特に介入する気配はない。

リハビリ――これはリハビリなんだ。

そう心に言い聞かせながら、上の空で冴島の話を耳に入れていると――、

「それで――むぐっ」

何の前触れもなく、冴島の隣に座っていた小日向が、喋り続ける彼女の口を塞いだ。

もごもごと小日向の手に向けて何かを言っている冴島。目を見開き、驚いた表情を浮かべている。

だが冴島は、俺にチラッと目を向けると、瞬く間に主人に叱られた子犬のようなシュンとした表情に変わっていった。

そして、小日向の手が外れたところで俺に向かって勢いよく頭を下げる。元々正座の姿勢だったから、もはや土下座みたいだ。

「ごめんなさい、喋りすぎました」

「……いや、気にしないでくれ。冴島が悪いんじゃなくて、これは俺の体質の問題だし」

俺が苦笑しながらそう言うと、景一も明るい口調で乗っかってくる。

「そうそう、俺もわかっていて止めなかったからな。だけどそろそろ無理そうだったし、

小日向が止めてくれたのはナイスだったぞ」

そう――そうなのだ。俺は何よりも、小日向が行動に出たことに驚いていた。冴島の軽快なトークが止まったのは、彼女が自ら制御したわけでもなく、景一が止めに入ったわけでもなく、小日向が口を塞いだからだ。

俺は静かに深呼吸を繰り返したあと、小日向に向けてお礼の言葉を口にする。

「ありがとな小日向。おかげでこの通り、俺は平気だ」

体調は万全とまではいかないけど、普通に笑いかけるぐらいはできる。

小日向は俺の言葉を聞いて首を大きく縦に振り、親指をニョキッと立てて鼻から可愛らしくふすーと息を吐き出した。

そしてそれから――よくわからない動きをし始めた。

「…………ど、どうした小日向？」

もぞもぞと身体《からだ》を動かし、俺がいる方へ頭を傾けたかと思うと、ブンブンと首を振って我に返ったように定位置に戻る。そして鼻からふすー。そしてまたもぞもぞと身体を動かし始め、頭を傾け、定位置に戻り、ふすーと息を吐く。

それを何度も繰り返していた。助けてもらった手前まことに申し訳ないが、まったく意味がわからない。

景一は面白いものを見るように小日向を見ていて、冴島は一瞬目を丸くしたあと、小日向の行動の意味を理解したように優しい笑みを浮かべた。

小日向のことを理解していそうな冴島にこの行動の意味を聞きたいけれど、それ以上に今はじっくりとこの可愛い生物を眺めていたい。

俺はそんなことを思うのだった。


月曜日に小日向たちと昼食をとってから数日。

なんだかんだで俺たちは毎日のように中庭に集まって、四人で昼食を食べるのが当たり前の空気になっていた。

急に断るのも変な気がするし、そもそも俺には特に断る理由がない。

景一がいるのはいつもと変わらないし、小日向と過ごしていると癒《いや》されるし、冴島は俺の苦手克服に対し協力的だしな。

強いていうのであれば周囲からの反応が少し気がかりだったが、これは月曜に四人で話してからあまり気にならなくなった。嫌な視線を感じていたのも、俺が気にしすぎていただけなのかもしれない。

ちなみに、月曜日に見た小日向のよくわからない行動については、冴島が教えてくれなかったので謎に包まれたままである。本人に「あれはどういう行動だ?」とは聞きづらいし。

冴島の反応からして好意的なものだとは予想できるから、あまり気にしなくても良さそうだが、少しモヤモヤしている。

「ほれ小日向。アメのお返しだ」

昼食を食べ終わった小日向が、弁当箱をいそいそとバッグの中にしまったのを見届けて、俺は制服のポケットに入れていた袋入りのクッキーを手渡した。

いつもより少しだけ瞼《まぶた》を高く持ち上げた小日向は、俺の目と、自分の手の平の上にあるチョコチップクッキーを交互に見ている。

「あれ?　智樹、俺の分は?」

「残念ながらないよ。家に余っていたのを持ってきただけだし」

「へぇーっ!　良かったね明日香!　ラッキーじゃんっ!」

景一は少しからかうようなそぶりで、そして冴島はニコニコと我が子を見守るように。

小日向は冴島のほうを向いてコクコクと頷《うなず》いているから、たぶん嫌いなものではなかったということだろう。俺は人知れずほっと胸を撫《な》でおろした。【憩《いこ》い】で食べたモンブランにもチョコが使われていたし、どうやら俺の予想は間違っていなかったらしい。

コンビニに売ってある物だから本当に大したものではないのだが、わざわざ買ってきたかいがあったというものだ。気恥ずかしいから『余っていた』ということにしたけれど。

「小日向には何回かアメを貰《もら》ったしな。貰いっぱなしも気が引けるし……嫌じゃなかったら食べてくれ」

俺がそう言うと、小日向はブンブンと首を縦に振る。いつもより勢い三割増しぐらいだ。

くっ――なんだこの生き物は……いくらなんでも可愛すぎやしないか⁉

しかしこの愛らしい姿を他者に見られてしまうと、小日向にお菓子を与えようとする輩《やから》が間違いなく増加してしまう。その確率は１２０パーセントを軽く超えるだろう。

そしてその中に、悪意のない人間がいないとも限らないのだ。

急いで辺りを見渡してみるが、幸い、現在こちらに目を向けている生徒はいなさそうだった。

「いいか小日向。見知らぬ人から『お菓子あげる』って言われても付いていっちゃダメだぞ？　わかったな？」

「…………（コクコク）」

もしもあの天使な小日向を見られていたならば……そいつを四六時中警戒して学校生活を送らなければならないところだった。俺も安易に小日向におやつを与えないよう、自重しなければ。

「智樹の警戒心が爆上がりしたのはおいといて、日曜日はどうする？　喫茶店のバイト休みだろ？」

小日向の動きを見て和む、そして周囲を警戒する。

その行動を交互にこなしていると、呆《あき》れた様子で景一が声を掛けてきた。

まったく……お前には小日向の愛らしさがわからんのか。ＩＱが足りん――座禅を組んで滝にでも打たれてこい！

「そうだな。土曜はバイトだけど、日曜は休みだよ。特に予定はない」

俺は基本、週末はバイトを入れているが、完全に全て出勤しているわけではない。

さすがに学校とバイトの繰り返しだと疲れるし、高校生活を失っているような気分にもなる。だから最低でも月に二回は一日休みを入れるように、シフトを調整してもらっているのだ。

「あたしも特に予定ないよーっ！」

「…………（コクコク）」

予定がない旨を伝えると、それに同調するように冴島と小日向が反応を示す。

この二人……とてもナチュラルに反応したけど、それってつまり休日に俺や景一と遊ぶってことだからな？　まぁ、こいつらは休日に俺のバイト先に来ていたし、いまさらなのかもしれないが。

俺の怪訝《けげん》な表情に気付いたのか、冴島が少し申し訳なさそうな表情を浮かべた。そして、「別に隠してたわけじゃないんだけど」と前置きをしてから話し始める。

「機会があったら休みの日に杉野くんも入れて、きちんとお出かけもしてみたいね――って、例の会議の時に話してたんだー。杉野くんのバイト先にお邪魔する時は、それが目的だからすぐ解散していたし」

「へぇ……でも、そのまま遊べば良かったんじゃ？」

「それはなんというか……杉野くんの苦手克服を口実にして、唐草くんと遊んでいるみたいで嫌だったし」

「それぐらい役得と思っとけばいいのに」

「べ、別にそんなんじゃないから！　ともかく、私は遊ぶなら四人がいいの！」

少し顔を赤く染めながら言う冴島に、俺は呆れ混じりのため息を漏らしてしまった。

本当に正義そのものというか……悪意の欠片《かけら》もない人種だなこいつは。そう言う人間が小日向の傍《そば》にいるというのは、小日向愛好家の俺としてはとても安心できるのだが。

「そうか。俺も仲間外れは少し寂しい気もするから、俺もお前らの遊びに交ぜてくれ。だけど、俺の苦手に関してはそんなに気にしなくていいからな？」

あまりに気を遣われすぎると、お互いせっかくの休日を楽しめないだろう。

冴島と小日向――そして景一のおかげで、俺の女性に対する苦手意識も徐々に薄まってきている気がするからな。少し荒療治な気もするが、ありがたいことはたしかだ。

こうした遊びが積み重なって、いつか普通に恋愛ができるようになったら、それはきっと楽しいだろうな。

☆　☆　☆　☆

そしてやってきてしまった日曜日。

冷静になって考えてみれば、男友達とつるんでばかりだった俺は、女子と休日に出かけた経験なんて一度もない。

中学の頃に、景一と遊んでいたらクラスの女子に出くわした――なんてことはあったけど、最初から遊ぶ目的で集まったことはない。というか、当時の俺ならば間違いなくドタキャンしただろう。それぐらい女子に対しての苦手意識が凄《すご》かったし。

「何を着ても似合う景一が恨めしい……」

集合場所である大型スーパーへ向かいながら、俺は隣を歩く景一にジト目を向けた。時刻は昼過ぎ――待ち合わせの一時まで十分に余裕はある。

景一は、真っ白なパンツに空色のシャツを身に着けていた。後ろのポケットに長財布を突っ込んでいて、手荷物はなにもない。

白のズボンなんて、スタイルが良いファッション上級者しか着ないんじゃないだろうか……？　少なくとも、俺には似合わないと断言できる。

「はっはっは！　俺はいちおうこれでお金貰ってるぐらいだからなぁ。だけど智樹も似合ってるじゃん、そんな服持ってたっけ？」

「昨日のバイト終わってからダッシュで買ってきた」

「おぉ！　いつになく本気だ！」

「そういうんじゃないって……さすがに女子と出かけるのに、使い古した野暮《やぼ》ったい服だと嫌だしな。お前ら美男美少女の中に交じるんだから、せめて服装ぐらいはまともなものにしておきたいし」

といっても俺の服装はそんなに凝ったものではなく、ベージュのチノパンに、胸にロゴの入った白のパーカーという、わりとありふれたモノである。マネキンが着ていた組み合わせをそのまま買ったんだから、変ってことはないだろ。

景一はそんな俺の自虐混じりの発言を受けて、「え？　智樹の顔は別に悪くないと思うけど？」とわかりやすいお世辞を言ってきたので、鼻で笑ってやった。

ちなみに本日は、待ち合わせ場所であるスーパーの目の前にある停留所からバスに乗り、そこからだいたい二十分ぐらい移動。行き先はボウリング場だ。

「どんな一日になることやら」

視界に映り込んできた大型スーパーを眺めながら、俺は小さな声で呟《つぶや》いた。

楽しみ半分、おっかなさ半分といったところか。

だけどまぁ、せっかくのバイトがない休日だ。楽しまなきゃ損ってもんだろう。

待ち合わせ場所であるスーパー前に到着し、景一と駄弁《だべ》りながら待つこと十分。向かいの道路で手を大きく振る冴島の姿を見つけた。その隣には、やや大きめのキャスケット帽をかぶった小日向もいる。

冴島は小日向と手を繋《つな》いで、小走りで横断歩道を渡ってきた。身長差のせいで同級生というよりも姉妹に見えてしまうな。

「おっ待たせーっ！　唐草くんは相変わらず何着てもカッコイイねぇ、杉野くんの私服はめちゃくちゃ新鮮だし、よく似合ってるよ！　いつもの黒エプロンじゃない！」

到着するなり、いつもの天真爛漫《てんしんらんまん》な様子で冴島が言ってくる。そういう彼女の服装は、デニムのハーフパンツに半そでのＴシャツ。制服と比べると肌色面積が広めだ。

「アホ、あれはバイトの制服だっての。私服じゃねぇ」

俺は「似合っている」と言われたことに対しての照れを表に出さないようにしながら、呆れ混じりの声で返答する。顔が赤くなっていないことを願うばかりだ。

「冴島たちも似合ってるじゃん。それぞれ自分の持ち味をわかってるって感じ？　なぁ智樹」

「あー……うん。まぁそうだな」

「えっへっへー、ありがと唐草くん杉野くん。今日はボウリングだから、動きやすそうな服をチョイスしたんだぁ」

冴島はそう言って、ニコニコと俺たちに笑顔を向ける。

あいにく俺は景一みたいにドストレートに女子を褒める度胸はない。誰かの発言に同調するぐらいならできるけど、自分からは無理だ。からかわれたりしたら恥ずかしいし。

本日の小日向の服装は、喫茶店に来たときのようなふわふわとしたものではなく、チェック柄のキャスケット帽と、同じ柄のスカート――そしてやや大きめで白いニット地の服を身に着けていた。以前とはまた違う雰囲気だけど、不思議と彼女にピッタリの服装だと思ってしまう。

しかしそんな好印象を抱いたからといって、俺が女子を褒めることはない――と思っていたのだけど、何ごとにも例外というものは存在するようで、

「おはよう小日向。そのチェックの帽子、可愛《かわい》いな。似合ってるよ」

俺はそんな恥ずかしいセリフを、一度も嚙《か》むことなくスラスラと言うことができた。

きっと小日向は、俺の言葉を聞いても笑ったりバカにしたりしない――そう確信しているからだと思う。あとは俺自身、心の叫びが抑えきれなかったっていうのも理由のひとつ。

冴島も小日向と同様に、別に笑ったりしないとは思うんだけど……なんだろうなこの違いは。自分でもわからん。

しかし今日の小日向はいつにも増して可愛すぎやしないか？　気を抜けばお小遣いを渡してしまいそうだ。二万ぐらいでいいだろうか。

俺の褒め言葉を聞いた小日向は、無表情のまま左右に身体《からだ》を揺らし、照れ隠しなのかわからないが、俺の手をペチと叩《たた》く。そしてやや慌てた様子でスマホを弄《いじ》り始めた。

「――なになに……『杉野、に当てる』？」

小日向に見せられたスマホの画面には、そのよくわからない文字が並んでいた。

俺に当てる――ってなんだ？　いったい俺は何を当てられるんだ⁉

「なぁ小日向、俺に当てるって、何を？」

さすがに情報が少なくて内容を理解できなかったので、膝に手をつき、身体をかがめてから小日向に問いかけてみる。

すると彼女は自分のスマホの画面を三度見ぐらいしてから、再び俺の手をペチリと叩いた。

「え、えぇ？　俺が悪いの？」

ぷいっと、わかりやすく顔をそむける小日向を見て呆然《ぼうぜん》としていると、景一と冴島が俺たちをニヤニヤとした表情で見ていることに気付いた。なんだその『全て理解した』みたいな顔は。

「今のは智樹が悪いなぁ」

「察しが悪いなぁ杉野くん、誤字ぐらいパッと理解してあげなくちゃ」

そして二人は、俺に向かってそんなことを言ってくる。誤字？　あの文章はどこか間違っているってことか？

小日向は『似合ってる』と打とうとしていた――そのことに俺が気付いたのは、停留所にバスがやってきた頃だった。

バスに揺られること二十分。俺たち四人は目的地であるボウリング場へ到着した。

俺と景一はこの場所に何度も来たことがあるし、おそらく冴島や小日向も来たことがあるんじゃないかと思う。施設が大きく充実したものであるという理由と、付近に他のボウリング場が無いという切実な理由があるからだ。

必要事項を記入した用紙を受付に提出して、それぞれサイズのあったシューズをレンタル。そして、色とりどりのボウリング玉の中からちょうどいい重さの物を選択し、俺たちはレーンへと向かった。

せっかくなら——ということで、俺たちは二つのレーンを使って対戦形式をとることになった。

始める前に確認したスコアを参考にしてチーム分けを行い、三ゲーム行って勝者チームにジュースを奢《おご》るという実にわかりやすい勝負である。

「景一の奴《やつ》……絶対自分のスコアを低めに見積もったよな。そうまでしてジュースを奢られたいかね」

俺はレンタルしたシューズに履き替えながら、隣のレーンで肩をぐるぐると回している景一を見る。

記憶が正しければ、俺よりも景一のほうが良い点数を出すことが多かったはずだ。ボウリング場で遊ぶ時はだいたい勝負になるから、どちらの勝ちが多かったのかもなんとなく覚えている。

しかしこいつは「俺より絶対智樹のほうが上手《うま》いって。小日向は軽いボールしか投げられなそうだから、バランス取るためにも智樹とペアが良いだろ。女子たちもそれでいい？」などと発言し、結果として俺はこの中で一番点数が低いとされる小日向とペアを組むことになった。

ジュースを奢れば小日向とペアになれると考えれば、意外と安い買い物なのかもしれない。それにしても、景一が話しているときに、何故《なぜ》か冴島が苦い表情を浮かべていたが……あれはなんだったんだろうな？


「シューズの紐《ひも》はしっかり結んでおけよ。転んだりしたら危ないからな」

俺はまるで保護者のように、隣で靴ひもを結んでいる小日向に声を掛ける。

すると彼女は、俺の顔を見上げてコクコクと頷《うなず》いた。任せて！　という意思を感じる。

しかし可愛い私服姿の女子と休日にボウリング場かぁ――景一たちの存在を脳から抹消すればまるでデートみたいだ。……いや、どちらかというと親子のお出かけかもしれない。

少なくとも、小日向は『デート』だなんて浮ついたことは考えていないだろうけど。

「景一はあんなこと言ってたけど、あいつ俺より上手いからな？　もし負けても怒らないでくれよ」

――などと、始める前から負けムードの俺に対し、小日向はいつもの無表情でコクコクと頷く。そして俺の背中をぺんぺんと叩いて励ましてくれた。これだけでなんだか頑張れそうな気がしてくる俺は、自分が思っているよりもずっと単純な人間だったりするのかもしれない。

そしてついに始まった一ゲーム目。最初の一投目はどちらのチームも男子からだ。

二回投げて、景一は九本、そして俺が八本という結果に終わる。まぁ最初は肩慣らしみたいなもんだし、こんなところだろ。

「いやぁ、結構久々だから感覚がわからねぇな！　はっはっは！」

「でもすごかったよ！　ピンが壊れるかと思うぐらい速かった！」

右隣のレーンからそんな二人の明るい声が聞こえてくる。景一は技巧派というよりパワースタイルだからな。女子からするとインパクトのある投球に見えただろう。

そして俺アンド小日向チーム。

「こんなもんかな。さっきも言ったけど俺はそんなに上手いわけじゃないから、過度に期待はしないでくれよ」

期待のハードルを下げるべく俺がそう言うと、小日向は無表情でゆっくりと頷いたあとに親指を立てた。グッドのサインをしているのだろうけど、指がちっちゃいからか、『グッ』というよりは『ニョキッ』という効果音が適切に思えてしまう。可愛い。

それから小日向はテコテコとボールが置いてある場所に近づいていき、冴島と何かを話していた。少し小日向が挙動不審に見えるが、いったいどんな会話をしているのだろうか。

「お互い調子はまずまずってところだな。いい勝負になりそうだ」

小日向と冴島が話しているのをぼんやりと眺めていると、景一が向かいの席に座ったまま声を掛けてきた。――ったく、どの口が言ってやがる。

「……小日向が軽いボールしか投げられないからって、点数が低いとは限らないからな。痛い目見ても知らないぞ？」

「え？　小日向上手いの？」

「知らん……知らないが、未知ということはどちらの可能性もあるってことだ」

もしかしたらこの中の誰よりも上手かもしれないし。ボウリングはパワーも重要だろうから、期待は薄いけど。

俺のややふてくされたような言い方に、景一は「ははっ」と笑う。

「まぁいい勝負になるよう、もしも差が開きすぎたら調整はするよ。ぶっちゃけ智樹は冴島とペアより小日向とペアのほうがやりやすいだろ？」

「そりゃな。というか、やっぱりそれが目的か」

そんなことだろうとは思っていたが。

景一は俺と小日向がペアになるように仕組んだだけで、ジュースの為《ため》に嘘《うそ》の申告をしたわけじゃない――ということだろう。気が利くというか、お節介というか……。

まぁ、負けても勝っても、『楽しかった』で終われたならばそれでいいか。


～女性陣の会話～


『あぁーすぅーかぁー？』

『…………（ぷいっ）』

『いくら杉野くんとペアになりたいからって、下手なふりをするのはどうかと思うなぁ？』

『…………（そわそわ）』

『視線を逸《そ》らしても誤魔化《ごまか》せないんだからね⁉』

『……（ふきふき）』

『なんで急にボールを磨き始めるのよ！　そんなこといつもやってないじゃない！』

『…………（ぽちぽち）』

『えっと、なになに……「ジュース　よろしく」!?　ひどくない!?　手加減とかしてくれないの!?』

『…………』

『――はぁ、まったく。こっちのチームが負けたら、今度学校でジュース奢ってもらうからね？』

『…………（コクコク）』

『ならよし！　あたしもできるだけ男子たちに格好悪いところ見せないよう、頑張らないと！』

☆　☆　☆　☆　☆

カタ、カタ、カタ、カタ――。

そんなのんびりとした音をたてながら倒れていくボウリングのピンを、俺たち四人は静かに見守っていた。

投球者は小日向。彼女はボールを投げると、結果を見ず席へと戻ってくる。

そして小日向が投げる球はとてもゆっくりなので、ボールがピンに到達するよりも先に、小日向は待機する場所にテコテコと戻って来てしまうのだ。俺や景一ではおそらく走っても無理な技である。

「……………またストライクか。改めて思ったけど、小日向強すぎじゃない？」

最後のピンが倒れたところで、景一がうわ言のようにそんな言葉を口にする。俺もそう思う。そして男としての自信が少し削られた気がするよ。

一ゲーム、二ゲームを終え、現在三ゲーム目だ。

勝負の行方はというと、三ゲーム目の勝敗を気にするまでもなく、俺と小日向チームの勝利が確定してしまっている。原因は小日向。めちゃくちゃ強い。

「平均220ぐらいかぁ」

映し出されている液晶を見ながら俺が何気なくそう呟《つぶや》くと、隣に行儀よく座っている小日向がコクコクと頷いた。

どう考えても一般の高校生レベルのスコアじゃないんだよなぁ。俺は調子が良い時でも200を超えたことなんて一度もないぞ。

「これでも明日香は調子悪いほうだよ？　あたしや静香さんと行く時はもっと凄《すご》いから」

ニヤリと笑いながらそんなことを言っている冴島はというと、一ゲーム目と二ゲーム目を足しても小日向の一ゲームのスコアに届かない程度。だからあの時冴島は苦い表情を浮かべていたわけか。

小日向が異常なだけで、冴島の点数は別にそこまで悪いってわけじゃないんだろうけど。俺たちの左隣のレーンで投げている女子高生らしき四人組はもっとひどい点数だし。

まぁ彼女たちのスコアが悪いのは仕方ないかもしれない。

どうやらこの四人は揃《そろ》いも揃って花粉症にやられているらしく、鼻にティッシュを詰めたままゲームを楽しんでいたのだ。もっと周囲の目を気にしたほうがいいんじゃないだろうかと思ったけれど、俺は人の恋愛に言及できるほどの実績があるわけではないので、心のうちに留《とど》めておくことにした。まぁそもそも、見知らぬ女子に話しかける度胸がないのだけども。

なんとなく見覚えがあるような気もするから、もしかしたら彼女たちは桜清《おうせい》高校の生徒かもしれないいな。

まぁそれはいいとして。

「小日向、凄いな」

ボウリングが始まってから、もう何度言ったかわからないセリフを再度口にすると、隣に座る小日向は嬉《うれ》しそうに左右に揺れる。そして無表情のまま、鼻からふすーと息を吐いた。褒められて嬉しいのだろうか？

「次にやる時は、男同士、女同士で組んだほうがいいかもな」

今日の点数を見る限り、それでちょうどいい勝負になると思う。

楽しそうに左右に揺れる小日向を見ながら俺がそう言うと、彼女はピタリと動きを止めた。そして斜め下から何かを訴えるようにジッと俺の顔を見上げてくる。

「ん？　どうした？」

何か言いたいことがあるのだろうか――そう思って問いかけてみると、なぜか彼女は目を閉じて、ぷいっと俺から顔を逸らしてしまった。

「スコア的には小日向、景一、俺、冴島の順番だからさ、そっちの方がいい勝負になると思うんだけど」

「…………（ぷいっ）」

「じゃああみだくじとか、グーとパーとかで別れる？」

「…………（ぷいっ）」

小日向が嬉しいときの判別は難しいけれど、ご機嫌斜めなのはわりとわかりやすい。

俺、今度は何をやってしまったんだろうか。

ボウリングを終えた俺たちは、同じ施設内にあるゲームセンターへと向かった。このボウリング場は一階と二階がボウリングをするためのスペースになっていて、地下には大きなゲームセンターが広がっている。

「こういう無料券で遊べるやつって、だいたいめちゃくちゃ難しいか景品がしょぼいよな」

エスカレーターを下りながら、景一が『クレーンゲーム一回無料』と書かれた無料券をちらつかせながら言った。

「そりゃ無料だからな」

「取れなくてもタダで遊べるなら良し、だよ！　というかボウリング場的には、取られても取られなくても、ゲームセンターに足を向かわせること自体が目的なんじゃないかな？」

景一の言葉に俺と冴島が返答する。ＢＧＭが少し大きくなってきたので、俺たちの声もいつもより大きめだ。ちなみに小日向はいつも通りコクコクと頷《うなず》いていた。

エスカレーターを下りながら薄々感づいてはいたけれど、やはり日曜とだけあって人がかなり多い。ボウリング目的ではなくゲームセンター目的でこの施設に来ている人もきっとかなりの数いるだろう。

パッと見渡した感じ、家族連れはもちろん多いが、年配の人も学生たちもかなりの人数がいるようだ。人混みが苦手な俺としては、あまり長居したくない場所である。

学校のアイドル的存在である小日向、そしてほぼ間違いなくモテるであろう冴島が一緒に居るこの状況――桜清高校の奴《やつ》に見つかったら面倒だろうな……もし景一がいなかったら魔女狩りのごとく焼かれていたかもしれん。こうして遊びに来た以上、あまり気にしすぎるのもよくないと思うけど。

「小日向はやらないのか？」

無料券が使用できるクレーンゲームの前にやってきたところで、小日向が俺に無料券を手渡してきた。俺の質問に、彼女はコクコクと頷く。

「あまり欲しい景品が無かったのか？」

「…………（ブンブン）」

「じゃあクレーンゲームが苦手とか？」

「…………（コクコク）」

「無料だからあまり気にすることもないんだぞ？」

別に取れなかったとしても、クレーンを動かして一喜一憂できればそれでいいと思うんだがなぁ。小日向は首を横に振っていて、ゲームをする気は感じられない。

もしかするとボウリングでは小日向が活躍したから、この場は俺に譲る――ということなのだろうか？　俺、別にクレーンゲーム得意でもないんだが。

「じゃああたしも唐草くんに託しちゃおっと！　期待してるね！」

「うぉおいっ！　智樹のせいで余波がこっちに来たんだけど⁉」

「別に俺は悪くないだろ⁉　文句を言うならこの無料券に言ってくれ！」

「無料券、お前のせいでぇっ！」

「マジでやるなよ……めちゃくちゃバカっぽいぞ景一」

結果――女子から想《おも》いを託された俺と景一は、無料券で一つも景品をゲットすることができなかった。

それからムキになった男二人はまんまと企業の戦略に乗ってしまい、財布片手に両替機へと向かって行くのだった。

さようなら二時間のバイト代――悔いはないぜ。


ボウリング、ゲームセンターで学生らしく遊んだ俺たちは、付近にあるファミリーレストランにて夕食をとることにした。

事前に夜は外食すると決めていたので、各家庭にはすでに『夕食いらず』と通達済みである。ひとり暮らしの俺には全くもって関係ない話だが。ご飯は結構冷凍庫にストックしてあるし。

店内に入ると、【憩《いこ》い】とは比べものにならないほどのお客さんがいた。

娯楽施設が近くにあるからか、家族連れはもちろん、俺たちのような学生の姿も見受けられる。このなかに桜清高校の生徒がいないことを祈るばかりだ。

店員によって案内された四人席。俺はため息を吐《つ》きながら、すでに着席している三名にジト目を向けた。どうしてそうなった。

「景一と冴島がめちゃくちゃ仲良しという線も無《な》きにしも非《あら》ずだが――とりあえず、理由を聞こうか」

現在、冴島の隣には景一が陣取っており、小日向の隣だけが空いている状況が出来上がってしまっている。つまり、俺は小日向の隣しか座る場所がないということだ。

カップルでもない男女二人ずつが席に座るとなると、どう考えても男同士、女同士が並んで座るのが普通だろう。もちろん俺にそんな経験はないので、一般知識からの推測ではあるが。

「あんまり不服そうにしていると小日向が可哀想《かわいそう》だぞ～」

景一は俺の質問に答えることなく、にやけ顔を浮かべてそんなことを言ってくる。

「別に不服じゃない――不服じゃないが、何か企《たくら》んでいるのがあからさますぎるだろ。おおかた俺の苦手克服に協力してくれてるんだろうけど、ちゃんと小日向は了承したのか？」

そう問いかけながら、視線は被害者である小日向へ。彼女は俺の顔を真《ま》っ直《す》ぐに見たまま、コクコクと頷いた。ふむ……嫌がっている雰囲気はないな。

「まぁまぁ！　杉野くんも女の子と向かい合って食事するより、男の子同士のが気が楽でしょ？」

「む……言われて見ればそうだな」

隣か正面――内容が食事ともなると、たしかに隣にいてくれたほうが視界に入らない分まだマシかもしれない。

「とりあえずいつまでも突っ立ってないで座りなよ。そして早く料理を選んでくれ！　俺、久しぶりにしっかり運動したから腹減っちゃってさー」

「はいはい、わかりましたよ……じゃあ小日向、隣失礼するぞ」

「…………（コクコク）」

相変わらずの無表情である。

彼女は嫌だとか嬉しいとかの感情以前に、俺のことをひとりの男子として認識していないのかもしれないな。まぁあれだけ大勢の男女に可愛《かわい》がられ続ければ、仕方のない話かもしれないけれど。

景一はステーキ定食、俺は生姜《しょうが》焼き定食を注文し、女性陣はそれぞれカルボナーラとオムライスを注文した。

ちなみに、小日向がオムライスである。なんだか小日向らしいチョイスだなぁとほっこりしたのはここだけの話。

俺の向かいに座っている男女は食事を終えると、まるでシンクロしているかのような動きでそれぞれ自分のお腹《なか》を擦《さす》っている。俺も二人と同じくほぼ満腹だ。

しかし俺の隣に座っている小日向だけは、真剣な表情でメニュー表のデザート覧をふすふすしながら眺めている。彼女は俺の視線に気づくことなく、正面の冴島に目を向けた。

「ん？　私はもういいかなぁ、お腹いっぱい」

「俺もご飯おかわりしたからなぁ、小日向が食べたいなら注文していいぞ」

二人は小日向が現在開いているページと、無言の視線から何が言いたいのかを感じ取ったらしく、それぞれ『デザートはいらない』という旨を伝える。

それを聞いた小日向は、下唇をほんの少しだけ出して、名残惜しそうにメニュー表に視線を落とす。それから、横目で俺のことを見た。

あぁ……これはあれか。

デザートを注文したいけれど、周りが誰も頼まないのであれば、自分だけ食べるのは気が引けてしまう——そういうことだろう。彼女はマイペースな印象があったけど、こういうところはきちんと周りに配慮するらしい。

「智樹はそもそも甘いものがあまり――」

「俺はこの抹茶ケーキにしようかな」

余計なことを口走りそうになった景一の言葉に被《かぶ》せて、俺は小日向が開いているページの一部を指さす。すると彼女は、目を丸くしてこちらに顔を向けた。

「小日向は頼まないのか？　できれば一人だけ食べるのは気まずいから、誰かに一緒に食べて欲しいんだけど」

「…………っ！　（コクコク！）」

勢いよく首を上下に振った小日向は、身振りだけでは飽き足らず、スマホをポチポチと入力して、『食べる　私も　デザート』という出来の悪いの翻訳みたいな文章を俺に見せてきた。そんなに慌てなくてもデザートは逃げないし、俺の気持ちも変わらないぞ。

「じゃあどれにするか選びな。ちなみに俺の予想はこのモンブラン」

不動の表情筋を所持しながらも興奮していることはわかるもんだな――そんなことを思いながら小日向の注文を予測すると、彼女はメニュー表から勢いよく顔を上げて、目をぱちくりさせる。まるで「なんでわかったの⁉」とでも言いたげな雰囲気だ。

「自分で栗《くり》が好きだって【憩い】で言ってただろうが。モンブランでいいのか？」

「…………（コクコク！）」

「了解。景一たちは本当にいらないか？」

呼び出しボタンに手をかけながら問い掛けると、二人はこれまたシンクロして顔を横に振る。

「いやぁ、なんか余計にお腹いっぱいになったというか」

「うん、甘いものはもういいかな」

なぜか二人は苦笑いを浮かべて、よくわからないことを言っていた。

カルボナーラが甘いって、そんなことある？


デザートを注文してから、俺たち四人はドリンクバーとの間を往復しつつ、新しいクラスはどんな感じだとか、次の試験の範囲の予想だとか、他愛《たあい》のない話で時間を潰した。

ちなみに小日向は俺たちが試験範囲の話をしだした途端、急におしぼりでウサギを作り始めたので、俺の中で小日向の勉強嫌い疑惑が浮上した。

まぁそれはいいとして。

時間を潰すといっても、俺たちが注文したデザートはどちらも完成品が用意されているものだったらしく、ものの四、五分で運ばれてきた。

小日向の前にはモンブラン、そして俺の前に抹茶のショートケーキが並べられる。

デザートは別腹とよく言うが、目の前に出されると少しばかり胃袋の容量が増えた気がする。人体って不思議だ。

俺は昔からケーキなどの甘いものをあまり好き好んで注文しないのだが、別に大嫌いというわけではない。ブラックのコーヒーで甘さを中和しながらであれば美味《おい》しく食べられるし、今回頼んだのはあまり甘くないであろう抹茶ケーキだ。

ドリンクバーからブラックコーヒーを調達してきた俺に、もはや死角はない。

「……変わった食べ方をするんだな」

ふすふす鼻息を吐いている小日向を見ていると、彼女はドーム型のモンブランをナイフで一刀両断。そしてデザートフォークとナイフを駆使して、器用に小皿に半分を取り分けた。

そしてその半分のモンブランを、スススとこちらに滑らせてくる。

「……ん？　どういうこと？」

『そっちも半分こ』

「両方食べたいの？」

小日向の行動とスマホの文面に困惑していると、小日向はさらにスマホをポチポチ。

『杉野、一緒に食べて欲しいって言った』

……うん。たしかに言ったね。言ったけど、ちょっと意味が違うね。

ここでもし俺が彼女の申し出を断れば彼女はしょんぼりしてしまいそうだ。この可愛い生き物は感情をあまり表に出さないが、せめて心の中では笑っていてほしい。

「じゃあ半分こな。取り皿取ってくれる？」

「…………（コクコク）」

俺の言葉に頷《うなず》いた小日向は、両手でおずおずと取り皿を差し出してくる。

一挙一動が高校生らしくなくて、だけどとても可愛らしくて、俺は思わず笑ってしまった。

☆　☆　☆　☆

バスに乗り、昼に待ち合わせしたバス停に帰り着いたのは午後七時を過ぎた頃。

冴島と景一の二人と別れ、俺は小日向と二人きりで夜道を歩く。

風は涼しく、太陽はすでに地平線に沈んでいた。

俺は明け方とか、こういう日没の時間が好きだったりする。なぜかわからないが、心が落ち着く時間帯なのだ。

「というわけで、ほい」

自分でも「なにが『というわけで』なんだ」と思いながら、俺は脈絡なくポケットから親指サイズの猫のぬいぐるみが付いたストラップを取りだし、手の平の上に乗せて小日向が見やすいように配置する。

数は二つで、それぞれ三毛猫と黒猫だ。プラスチックともゴムとも言い難いような質感で、どちらも招き猫のような見た目をしている。

小日向は猫二匹をジッと見つめたあと、俺を見上げてから首を傾《かし》げる。

「ゲームセンターでバラバラになってクレーンゲームしてた時間があっただろ？　あの時にゲットしてたんだ」

小日向は再度猫たちに目を向ける。ふんふんと鼻を鳴らして興味津々と言った様子だ。

「試しに百円入れたら、運良く二つ取れたんだよ。俺ってこういうのあまり付けたりしないから、正直困っちゃってな。良かったら貰《もら》ってくれないか？」

俺がそう言うと、小日向は勢いよく首を縦に振る。

実のところ、投入した金額は百円どころではないのだが、どうやら嫌いってわけじゃなさそうだな、良かった。

なんとなく小日向が好きそうだから……という安直な憶測が理由で挑戦したのだけど、

粘った甲斐《かい》があったってもんだ。

しばらくの間猫を見つめていた小日向は、やがて自らの小さな親指と人差し指で、輪っかになった部分をつまんで持ちあげる。宙に浮かび上がったのは黒の毛並みの猫だった。

「別にどちらか一つだけじゃなくて、二つともやるぞ？」

俺がそう声を掛けると、彼女は顔を横に振る。どうやら二つ目はいらないらしい。

しかし……困ったな。小日向が貰ってくれなかったら、この猫はいったいどうすればいいんだ？　そのことをまったく考えていなかった。

「そうかぁ……だったらこの三毛猫は冴島か、朱音《あかね》さんか、店長あたりにやるか」

たぶん誰か一人ぐらいは「欲しい」と言う人がいるだろう。もし全員が拒否したならば、景一の通学バッグにこっそり付けておこう。

手の平に取り残された三毛猫を眺めながらそんなことを考えていると、ペチ、と腰の辺りを叩《たた》かれた。犯人は言わずもがな、小日向である。

「ん？　やっぱりいる？」

小日向は顔を横に振る。違うらしい。

「……となると、人にあげるのがダメ――ってこと？」

コクコクと、小日向は頷く。

なぜ自分はいらないと言っているのに、人にあげるのはダメなんだ。そんなこと言われてしまえば、この三毛猫の行き場がどこにもなくなってしまい、俺の手から離れられなくなってしま――あっ。

「つまり、この三毛猫は俺が使えと？」

その通り！　そう言いたげに、小日向は首をブンブンと縦に振る。マジかよ。

「……いやぁ、あのですね小日向さん。この可愛《かわい》らしい猫ちゃんは、悪評ばかり広まってる俺が使ったら、不気味すぎやしませんかね」

暴行、恐喝と噂《うわさ》のある俺が、可愛らしい三毛猫のストラップを身に着ける――やっぱり怪しくないか？

しかし小日向は、そんなことない！　と、首を横に振る。

「さいですか……ま、部屋に飾っておくだけなら誰かに見られる心配もないし、別にいいけどさ」

せいぜい家に遊びに来た友人たちにツッコまれる程度だろう。

ため息交じりにそう言うと、再び彼女は俺の腰をペチと叩く。

「え？　もしかしてそれもダメ？」

小日向は大きく一度頷く。なんだか今日は押しが強いな。

別にまくし立てられているわけじゃないから、まったく気分が悪くなったりはしないんだけど。脈拍数的にはよろしくないが。

小日向はバッグからスマホを取りだして、ポチポチと何かをうち始める。

なんだか判決を言い渡される被告人になった気分だ。もちろんそんな経験はないんだけども。

で、こちらに向けてきたスマホの画面を見てみると、

「それって学校の――ってことだよな？」

記されていた文字は『バッグ』の三文字。

まさかこの小さなお嬢さんは、俺の通学バッグにこの可愛らしい猫ちゃんを付けろとおっしゃっておられるので？

少し落ち着かない様子で視線を俺の足元に向けた小日向は、俺の疑問の言葉に対し小さく顎を引いて肯定の意を示す。こころなしか、小日向の耳は赤くなっているように見えた。

これは……あれか。彼女的には『パパとおそろいだ～』みたいな感じなのだろうか。

もしそうだったとすると、父親を亡くしている彼女の心境を考えれば強く否定することは難しい。余計な気づかいなのかもしれないけれど、その事実を無視することはできなかった。

「……わかった、わかったよ。だけど、小日向もそのストラップどこかに付けるんだろ？　おそろいの物を身に着けていたら、カップルだって勘繰る奴《やつ》が出てくるかもしれない。俺は変な目で見られることに慣れているから、いまさらって感じだけど、それでも付けたほうがいいか？」

　奇異の視線の他に、俺の場合は小日向のファンに刺される心配はしておかなければいけないが。腹に分厚い雑誌でも仕込んでおいたほうがいいかもしれない。

　俺の自虐混じりの発言に、彼女はゆっくりと大きく顔を上下に振った。そしてスマホに『私は平気』と打って俺に見せてくる。

　そういえば、俺は変な目で見られることに慣れているが、彼女はそもそも周りの視線自体をあまり気にしないタイプだったな。すっかり忘れていた。

「……はぁ、わかりましたよ小日向様」

　俺がそう返答すると、彼女は満足そうに何度も頷いた。

　しかし彼女が「平気」と言ったのは、『カップルだと思われること』、『変な目で見られること』……どちらに対してなんだろうな。

第五章　父親か、恋人か

月曜日、朝のHR前。

「なぁ、もう一つの猫はもしかして小日向《こひなた》にあげたの？」

景一《けいいち》は俺の机の横に引っ掛けてある通学バッグに目を向けながらそう言った。視線の先にあるのは十中八九、三毛猫のストラップだろう。アピールしているわけではないが、隠すつもりもないので、誰かに見つかることは想定内だった。

そもそも俺は普段バッグに装飾品なんて付けたりしないから、景一の目から見ても何か付属しているだけで違和感を覚えるのだと思う。

実際に付けてみた感触としては、自分のバッグを見分けやすくなったし、悪くはないといったところだ。これを見た他人がどのように評価を下すのかは知らないが、だいたい他人ってのは自分が思っている十分の一ぐらいしかこちらのことを気にしていないものだ。あまり気にしすぎることもないだろう。

しかし景一め、こういう時にニヤニヤでもしてくれていたらぶっきらぼうに対応してやったというのに……なぜ感心したような顔をしてやがる。反応に困るだろうが。

「智樹《ともき》もやるなぁ。ちょっと前までは女子とまともに話せなかったのに、今ではプレゼントまで渡すとは」

「お前まさか……どっかで見てたのか？」

「ん？　クレーンゲームをしてるところは陰から見てたけど、渡すところまでは見てないぜ。でもその様子だと図星なんだろ？　前のめりになって集中してたし、智樹はこういうの欲しがるタイプじゃないからな」

「景一、もしかしなくとも俺のファンだろ」

「まぁそういう側面はあるかもしれない」

「そこは否定しろよ！　恥ずかしいだろ！」

　誰かに聞かれたらまた変な噂がたつかもしれないだろ！　薄い本とか書かれちゃったらどうするんだ⁉　需要があるとでも思ってんのか⁉

　俺の大きめの声で言った言葉を、景一は「はっはっは」と笑って受け流す。何も考えていないようなお気楽な笑い声に、思わずため息が出た。

「はぁ……。いちおう言い訳をしておくが、俺としては二つとも小日向にやるつもりだったんだよ。だけど二つはいらないって」

　別に男子がキーホルダーやストラップを付けること自体は珍しくもなんともないのだが、

自分が付けると何故《なぜ》か奇妙な感覚がする。

おかげで通学する時は、恐喝等の悪評の噂が流れている同学年はおろか、他学年からも奇妙な視線を向けられているような気がしたものだ。気にする必要はないと頭で理解しているものの、やはり気にしてしまう。

「あぁ、なるほど。で、余りを捨てるのも勿体《もったい》ないから自分で付けた──と。でもそこが不思議なんだよなぁ。小日向とおそろいが良い……なんて、智樹は恥ずかしがって絶対言いそうにないし。小日向が受け取らなかったら他の人にあげそうな気がする」

「うっせ。こっちにも色々あるんだよ」

俺が付けているのは小日向が言ってきたからだ──なんて言ってしまうと、景一が彼女の気持ちを変に誤解してしまうかもしれない。それは小日向にとって良くないことだろう。

「ともかく、これについてはもう言及禁止な」

俺が話を打ち切るような物言いをしたからか、景一はそれ以上ツッコむことはなく、「ふーん」と俺の顔を見ながら言うにとどまった。何かを考えていそうなのはわかるけれど、聞けば墓穴を掘りそうな気もするので、この話はエンドにさせていただくとしよう。

そろそろ小日向が来る頃だろうか──そんなことを考えながら、続々と登校してくるクラスメイトたちをぼんやりと眺めていると、やがて周囲に比べて一際小さい人物が教室に入ってきた。

小日向は今日もたくさんの男女に「おはよう」と挨拶されながら、テコテコと自らの座席目がけて歩みを進めている。相変わらず人気者だなぁ。

彼女が肩に掛けている通学バッグには、もともと付けていたウサギのストラップのほか、俺が昨日渡した黒猫も一緒にぶら下がっていた。

自分ひとりだけ付けていたらどうしよう……なんてことを思ったりもしたけど、どうやら余計な心配だったようだ。

安堵《あんど》の気持ちで小日向を見ていると、彼女も俺のことを見た。そしてこちらを見たまま自分の席を通過し、少し小走りになってテテテテと俺たちの元へ向かってくる。なんだか子犬を見ているようでほっこりするな。

「おはよ、小日向」

俺が朝の挨拶を口にすると、そのあとに続いて景一も「おはよう」と小日向に声を掛ける。彼女は二度コクコクと頷《うなず》いた。

それから彼女はぐいっと身体《からだ》を横に向けて、俺に通学バッグを見せつけるように前に出す。ふきだしを付けるなら、「つけたよ！」って感じだろうか。

「はは、気に入ってくれたなら良かったよ」

小日向は俺の言葉に対し、何度も首を縦に振る。勢いもいつもより激しい気がした。

そして彼女は一歩前に進んで前かがみになった。どうやら俺の通学バッグを見ているらしい。

「俺も付けてるって。ほら」

ちょうど小日向の死角になっている位置に猫がいたので、俺は指ではじいて彼女に三毛猫を見せる。

すると彼女はその場にしゃがみ、俺のバッグに付いている三毛猫を指でつついたり、自分のバッグを近づけてお互いの猫同士をくっつけたりし始めた。気持ちはわからないでもないが、高校生らしい行動かと問われれば返答に困るところである。

俺や景一——そして一部のクラスメイトに視線を向けられながら、ひとしきり猫同士にコミュニケーションを取らせた小日向は、ふすーと満足したように鼻から息を漏らした。

それから小日向は立ち上がると、俺の顔をジッと見つめる。そしてなぜか俺の肩を人差し指でつん——とつついてから、自分の席に戻っていった。

……え？　いったいなんだったんだいまの接触は。

「…………」

「…………」

その小さな背を見送る俺と景一は、どちらも無言だった。否《いな》、固まってしまっていた。教室の中も、普段より静かに感じる。

景一が何を考えているのかは知らないが、俺は小日向が去り際にした『肩つん』という行為の意味を必死に考えていた。心拍数が上昇しているためか、あまり冷静に物事が考えられない。

いったん気持ちをリセットしなければ。

そう考えて、何か他の話をするべく隣席の友人に目を向けてみると、景一は真顔で俺のことを見ていた。いつになく神妙な面持ちであり、こちらに発言をさせないような謎の圧力を感じる。

それから景一は目をつむり、鷹揚《おうよう》に頷いたあとにぼそりと言った。

「付き合いたてのカップルじゃん」

朝の教室に、「違うわ！」という俺の叫び声が響き渡ったのであった。

学校の愛されキャラである小日向に、朝の教室で肩ツンされてしまった。

周囲に人がいなかったのならば「されてしまった」なんて言葉を遣わずに済んだものの、

景一以外にも少数ながら目撃者がいたために、俺はそう言わざるをえなかった。

そして、人の口に戸は立てられない――あっという間に俺と小日向が比較的仲の良い関係であるということが、クラス中に広まってしまった。

小日向との関わりがクラスにバレてしまい、逆恨みをされることを俺は恐れていたのだが、周囲の反応は予想していたものとは大きく違っていた。

『もしかして杉野《すぎの》たち付き合ってんの⁉』

『そういえば最近昼休み一緒に食べてるよなぁ。まぁ相手が杉野なら安心だわ』

『って、ストラップおそろいじゃん！　うわっ、いいなぁそういうの』

『女苦手の癖にやるなぁ杉野。おめでとう！　式には呼んでくれよな！』

『妬ましい……彼女持ちが妬ましい……そうだ！　ナンパをしようっ！』

などなど。随分と邪推したことを言われはしたが、否定的なことを言ってくるクラスメイトは一人もいなかった。

いちおうきちんと「そういうのじゃないから」と否定はしたけれど、はたしてあのニヤニヤしたクラスメイトの何割が信じてくれたのだろうか……せめて半数は理解してくれていたら嬉《うれ》しい。

「この種類の視線は反応に困るんだよ……」

散々クラスメイトのオモチャにされてしまった俺は、机に頰《ほお》を付けて愚痴を漏らす。

これがいつもの奇異の視線や嫌悪の視線だったなら、ただため息を吐《つ》けば良かったのに。

「まぁまぁ。嫌われているより全然マシだろ？」

「そもそも視線を向けないで欲しいんだよ俺は」

「そりゃ無理だ、諦めようぜ」

はっはっはと笑い、景一は俺の背を叩《たた》く。雑誌に掲載されている景一が言うと言葉の重みがあるなぁ。やはり、諦めるしかないか。

ちなみに小日向はというと、黄色い声で騒ぐ女子に囲まれて、自分の席でプルプルと震えていた。

☆　☆　☆　☆

昼休み。

少し葛藤はあったけれど、結局俺たち四人は普段通りに中庭で昼食をとっていた。

ここで急に一緒に食べるのをやめたりしたら、それこそ意識してしまっているみたいだし、通常どおりに行動するに越したことはない。

「な？　智樹は気にしすぎだーって言っただろ？」

冴島《さえじま》が広げてくれたレジャーシートに腰を下ろしたところで、景一がそんなことを言ってくる。こいつの言う通り、俺はすこしばかり小日向のことを特別視しすぎていたのかもしれない。

俺と小日向がカップルかもしれない——という噂《うわさ》はあっというまに広まってしまったようだが、穏やかで好意的な視線は増えても、嫌悪の視線はあまり感じられなかった。

小日向がいくら人気者だとはいっても、ファンクラブみたいな組織があるわけじゃないからなぁ……自分が嫌われ者だったから、よりいっそう俺には小日向が輝いて見えていたのかもしれない。

「まぁ……変に誤解されたことを除けば問題はなかったな」

そう言いながら、俺はジト目を小日向がいるほうへと向ける。

彼女は俺と視線が合うと、ツンとした態度で目線を斜め上に逸《そ》らした。なぜか彼女は朝の一件からずっと、俺から視線を逸らし続けているのである。

仕草だけを見るのであれば、小日向はご機嫌斜めということになるのだろうけど、いかんせん耳が赤く染まってしまっているので台無しだ。そして拗《す》ねているのか、少し頬を膨らませているような気がする。

「小日向、昨日は『平気』って言っただろ。もしギブアップって言うならストラップを外すけど」

俺がそう言うと、小日向は慌てた様子でこちらを向いて、首を勢いよく横にブンブンと振る。やはり外すのは無しらしい。さっきまでのそっけないそぶりにはいったい何の意味があったんだよ。やっぱり照れ隠しか？

そんな風に他愛《たあい》のないやり取りをしている様子を、冴島は腕組みして眺めていた。それから彼女は「うんうん」と言いながら頷いて、嬉しそうな表情を浮かべる。

「周囲の噂と事実は別物なんだしさ、周りのことは気にせずにいこう！　もしかしたら噂が真実に変わっちゃう——ってことはあるかもしれないけどね」

その言葉の最後に彼女は、いひひ——と、美しいとはお世辞にも言えないような笑い声を漏らす。すぐにでも井戸端会議のおばちゃんたちの中に交ざれそうな、上級者の笑い方だ。

「あのなぁ、冴島までそんなこと——」

呆《あき》れ口調で冴島に文句を言おうとしている最中、俺は胸ポケットのスマホが振動していることに気付いた。チャットなどの通知は一瞬のバイブだけだが、現在俺のポケットでは振動が継続している。

「電話か？　誰だろ」

会話を中断して、スマホの画面を確認してみる。

表示されている名前は『小日向静香《しずか》』だった。小日向のお姉さんである。

「なぜかお前のお姉さんから電話だ。出てみるよ」

小日向にそう言うと、彼女はキョトンとした表情で首を傾《かし》げる。景一や冴島も不思議そうに俺のことを見ていた。不審に思いながらも、あまり待たせても悪いので俺は『応答』のボタンをタッチする。いったい何の用件だろ。

「……もしもし？」

『おー！　智樹くんお久しぶり～。いま昼休みだよね？　電話大丈夫？』

「お久しぶりです。電話ってことは、なにか急用ですか？」

『急用だよ急用！　――あ、そういえば日曜日はお楽しみだったようだねぇ。昨日は明日《あす》香《か》があまりにもルンルンしてたから、姉はビックリしちゃったよ！　キスでもした？』

「するかバk――し、してませんよ。そ、それで急用ってなんですか!?」

危ない。うっかり年上であるということを忘れて罵倒するところだった。

『智樹くんって平日はバイトなくて、暇してるんだよね？』

「？　はい、そうですよ」

『よしっ！　あのさ、もしよかったら前みたいに智樹くんの家に明日香を連れて行ってくれない？　実は今日、彼氏がうちに来たいって言ってさー、できれば九時ぐらいまで明日香のこと頼めたりしないかな？　ね？　お願いしますっ！』

あぁ……なるほどね。そういうことか。彼氏と二人きりで過ごしたいから、妹が家に居たら気になってしまうと。

前に遊んだ時は時間があまりなくて人生迷路ぐらいしかできなかったし、四人でゲームしていたらすぐに時間なんて経《た》つだろ。前遊んだ感じを考えると、時間を持て余してしまうということはなさそうだ。

小日向や冴島と遊ぶのは男同士で遊ぶ時とはまた違う楽しさがあるし、俺としては大歓迎である。だけど、これは俺だけで決定できるような問題ではない。

「ちょっと待ってください、小日向——明日香さんに確認しますから」

そう言って、俺は小日向に事情を説明する。すると彼女は、コクコクと問題なさそうに頷《うなず》いた。本人が俺の家に来るのを嫌がるようなら断るところだが、その心配はなさそうである。

「わかりました。もし時間がずれそうであれば、チャットで連絡してください」

『ありがとーっ！　明日香のことは合意の上でちゃんと避妊さえ——』

慌てて通話を終了させた。真昼間からいったい何を言いだすんだこの人は……。

というか小日向とそんなことをするとか——うん、想像するのはやめておこう。彼女に対してそういうことを考えるのは失礼だ。

人知れず息を整えてから冴島と景一に目を向けてみると、なぜか二人は気まずそうに俺から視線を逸らしている。

「冴島も景一も、なぜ目を逸らす？」

俺は疑問に思いながら首を傾げて、二人に問いかけた。

「いやぁ……実は俺、平日には基本仕事はないんだけど、先方の都合でどうしても——って感じでさ」

頭を掻《か》きながら、苦笑いで景一が言う。そして冴島は、

「あたしも基本用事はないんだけど、親戚が今日うちに来るから外食することになってて……」

あははは、と乾いた笑いを漏らす。

……うん。これはどう考えても二人にきちんと確認していなかった俺が悪い。

平日はいつも用事のない二人だから、予定は空いていると勝手に思ってしまった俺が悪いのだ。冴島はともかく、景一がこないのは予想外だったな……。

「あー……小日向さんや、どうやら俺だけしかいないみたいなんだけど、大丈夫？」

苦笑いを浮かべながら、俺はもうひとりの当事者へと問いかける。

彼女は大丈夫と頷いた。だけど、その動きは明らかにいつもの彼女とは違っていて、緊張していることがありありと伝わってくるようなぎこちない頷きだった。


学校が終わり、俺たち四人は帰路についた。

昼休みをともに過ごしているとはいえ、学校での関わりは基本的にそれぐらいしかないから、多くの学生に交じって一緒に下校することはこれが初めてだったりする。

前回俺の家で遊んだ時は学食の掃除が終わったあとだったし、人の数もまばらだったからそこまで目立つことは無かったが、今日は終礼後すぐだから、当然人の数が多い。

「マジで景一や冴島がいてくれて助かった。あんな風に勘違いされた状態で二人で下校なんてしたら、もう噂を止められそうにないからな」

時折こちらに視線を向ける桜清《おうせい》高校の生徒を横目に見ながら、俺はため息を吐《つ》く。

あの視線の数々は、はたして小日向を見て癒《いや》されているのか、それともモデルの景一を見て憧れているのか、共に下校している俺や冴島を嫉妬の目で見ているのか、悪評のある俺のことを見て陰口を言っているのか……判別は難しい。さすがに視線が多すぎる。

まぁ今日に限っては、俺と小日向の関係性を気にする野次馬《やじうま》が多くいそうな気もするが。

「帰り道一緒だし、気にするなよ。もし心配なら俺も一回智樹の家に入るふりをしようか？　それぐらいなら時間あるけど」

「あたしも大丈夫だよ～」

うんざりしている俺に、二人はそんな風に気づかいの言葉を掛けてくれる。

景一たちの気持ちはありがたいが、さすがに俺の不安を解消する為《ため》だけにそこまでしてもらうわけにはいかないだろ。

「小日向はそうしてもらいたいか？　いちおう、他の奴《やつ》らには感づかれないよう気をつけるけど」

俺だけの判断で答えるのも問題があるので、小日向にも聞いてみる。

彼女は右手と右足を同時に前に出すという奇怪な動きで歩行しながら、ギギギ——という擬音語が聞こえてきそうなさび付いた動きでこちらを向き、首を横に振った。

恋愛に無関心そうな小日向ではあるが、さすがに男の家に一人で上がり込むことには緊張しているらしい。昼休みの時から今に至るまで、ずっと彼女はこんな調子だ。

俺は小日向に目を向けながら「本当に大丈夫かよ……」と呟《つぶや》いてから、景一たちに気持ちだけ貰《もら》っておくと伝えておいた。

とりあえず、ぎこちない動きの彼女が転ばないように注意することにしようか。

☆☆☆☆☆

幸い、俺のマンションに辿《たど》り着く頃になると、桜清高校の生徒は辺りにいなくなっていたので、俺と小日向は何事もなく家に入ることができた。なんとなく、不倫している男女がホテルに逃げ込む場面が脳裏に浮かぶ。もちろん俺にそんな経験は無い。

「俺だけ悪いけど、ちょっと部屋着に着替えてくるよ。小日向はお茶でも飲んでのんびりしていてくれ。九時まで時間はたくさんあるから、お前も楽にしてくれよ」

テレビの前のこたつで行儀よくちょこんと座っている小日向は、俺の言葉にコクコクと頷いた。緊張はほぐれてきたようだが、時折あたりを見渡したりしてそわそわしている雰囲気がある。初めて俺の家に来たときより落ち着かない様子だ。

そんな小日向に苦笑してから、俺は自室に移動してパパッとジャージに着替える。

外着である制服から部屋着に着替えたことで、俺は幾分かリラックスした気持ちになることができた。形から入るってのは割と理に適《かな》っているんだな――と、使いどころを間違っていそうな感想が頭をよぎる。

リビングに戻ると、小日向はこたつの上にスマホを置いていた。俺が戻ってきたことに気付いた彼女は、顔を俯《うつむ》かせた状態でスマホの向きを調整。画面を見てみると、そこにはこんなことが書いてあった。

『ふっつっつかものです』

「…………………おぅ」

反応に困った。

まず『つ』が二つほど多いことにツッコむべきなのか、『ですが』と言葉が続いていないことにツッコむべきなのか、そもそも友人の家に遊びに来る時に使う言葉ではないだろうとツッコむべきなのか。

ひとまず、俺は無難に「気楽にな」と返すにとどまった。

小日向は俺の言葉を聞いてゆっくりと頷いてくれたので、たぶん返答としては間違っていなかったのだと思う。良かった。

俺は息を静かに吐いて、最初の試練をクリアできたことに安堵《あんど》する。しかしすでにこの部屋には、もう一つの試練が準備されていることに気付いた。

「……あー、うん。そうか、なるほどね……」

小日向はテレビの正面――こたつの横長の面で、右側に寄って座っている。つまり、彼女の左側には人一人分が入るスペースがぽっかりと空いているのだ。

小日向としては、前回俺の家に来たときと同じ行動をしただけなのだろう。きっと半ば無意識だったのだと思う。

だけど以前とは状況が明確に違うんだよ小日向さんや。やっべぇ、どうしよ……。

ここで冴島や景一が座っていた場所に俺がもし座ったとしたら、小日向のことを避けているみたいに思われるかもしれない。正直にいって、俺は小日向の隣に座ることに対して恥ずかしい気持ちと嬉《うれ》しい気持ちしかなく、嫌悪の感情など一ミクロンも存在しない。

迷って、動揺して、混乱した結果――なぜか俺は小日向の正面に座ってしまった。

「…………ははは」

いやいや何をやってんだ俺は！　テレビが真後ろじゃゲームできんわ！

俺の行動を不思議に思ったのか、小日向は目をぱちくりとさせてキョトンとした表情を浮かべている。そんな彼女を見ながら冷汗を流していると、こたつの中でお互いの足が接触した。

それは触れ合ったというレベルの軽いモノだったけれど、小日向の柔らかな足の感触と体温が靴下越しに伝わってくる。俺の体温が一瞬にして数度上がった気がした。

俺と小日向はほぼ同時にピクリと身体《からだ》を震わせる。視線は合ったままだ。

「あ、ははは……冗談冗談。この位置じゃゲームできないし、そっちにいくよ」

そう言うと、彼女はようやく俺が隣に来るということに気付いたのだろう――小さな身体をさらに縮ませてから、微《かす》かに首を縦に振った。

俺がこたつから抜け出すときに、小さな足でツンツンとふくらはぎあたりをつついてきたのはきっと、彼女なりの照れ隠しなんだろうな。


小日向と二人きりで過ごす初めての夜。

もちろん高校生らしく、夜九時までという健全な時間帯で解散する予定ではあるが、保護者のいないこの環境を果たして健全と言っていいのかは判断に苦しむところである。

しかも、隣でこたつに入っている小日向との距離はわずか五センチ。

それはほんの少し身体を動かせば触れ合ってしまうような距離であり、彼女のことを意識するなというのは、ステーキを前に置かれた犬に涎《よだれ》を垂らすなと言っているようなものである。つまりは「不可能」だということだ。

ひとしきりレースのゲームで遊んだ結果、小日向がカーブのたびに身体を傾けるタイプだと判明した。

俺とぶつかるたびにわたわたする彼女を見ていても飽きそうにないのだが、このままでは彼女も俺も精神的に疲れてしまうだろう。そんなわけで、ゲーム変更だ。

他のソフトに変更するためにこたつから立ち上がろうとすると、小日向がビクッと身体を跳ねさせた。ひとり暮らしの男の家に来ているのだから警戒するのも理解できるけど、いざそういった反応をされると悲しくなるな……。

「そんなに警戒しなくても、何もしないって——怖いなら側面に移動しようか？」

心の中で涙を流しながらそう言うと、小日向は俺のジャージを軽くつまんでから首を横に振る。表情は相変わらずの「無」なんだけれども、首振りの速度から彼女の必死さが伝わってくる。

「じゃあ場所はこのままで。——にしても、九時まであと二時間か……。ゲームもいいが、いっそのこと映画でも見るか？」

ゲーム機本体の電源を落としてから、俺は小日向にそう問いかけてみた。

小日向と二人で遊ぶとなると、ゲームの選択肢はわりと少ない。

彼女もゲームはそこそこできるようだけれど、純粋な対戦ゲームだと、持ち主である俺が圧倒的に有利だ。さきほどまでやっていたレースのゲームは、途中で取得するアイテムなどでそこそこ差は縮まるけれど、それでもだいたいは俺が勝ってしまう。

景一や冴島がいたのなら、順位の変動もあっただろうけど二人だとそれも難しい。

相手が男子ならボコボコにしてもあまり気にならなかったけど、気を遣いながらゲームしていると俺も少々疲れてしまうからなぁ。

ゲーム中、小日向に手加減はしていたけれど、俺はそこまで器用ではないのであからさまな場面も多々あったはずだ。機嫌を損ねていないことを祈るばかりである。

「了解。じゃあいくつかそっちに持ってくるから、好きなのを選んでくれ」

小日向が頷《うなず》いたことを確認して、俺は引き出しの中から映画のパッケージを適当に取りだしていく。ちなみにこれらのほとんどは、景一を含む小学校からの友人たちが持ってきたもので、有名どころからB級映画まで、種類の幅は広い。

百本以上ある中からランダムに十本ほど抜き出して、パッケージを見せながら小日向に「見たいのあるか？」と問いかけた。

すると彼女は、ひとつひとつじーっと表紙の絵とタイトルを観察し始める。

小日向は頷いたり、首を傾《かし》げたりしながら十本全てのパッケージに目を通していく。やがて、彼女はゆっくりとひとつのＤＶＤを指さした。

「えーっと……『ねこねこパニック』？　ん？　……なんだこりゃ？　俺も見たことないな」

彼女が指さした先にあったパッケージには、おびただしい数のアニメ調の猫が描かれている。どういう映画なのかさっぱり予想がつかないが、少なくとも有名作品ではないことはたしかだろう。聞いたことないし。

「じゃあこれを見てみるか」

俺がそう言うと、小日向は期待を込めた目を俺に向けて、コクコクと頷いた。

しかしなんだろうなこの映画は……誰かが俺の家に持ってきていて、そのまま見る機会が無くほこりを被《かぶ》っていたんだろうけど。まぁ、俺も見たことないから小日向と一緒に新鮮な気持ちで楽しめるし、結果オーライか？

俺はそんなことを考えながら、ＤＶＤをセットする。

そして飲み物を用意してからトイレを済ませたら準備完了だ。

この「ねこねこパニック」。

俺はタイトルや絵の雰囲気からして、日常系のほんわかしたものだと予想している。あらすじを確認したら展開がわかってしまいそうだから見ていないが、たぶんそんな感じだろう。Ｂ級映画っぽいし、つまらない可能性はあるけどそれもまた一興だ。

俺は小日向の隣に移動してこたつに入り、わくわくしながら再生ボタンを押した。

開幕、猫のベッドシーンだった。

いやいやいやいやいや！　どんな映画だよっ！　しかもうっすらとモザイクが掛かってるし、なぜか猫の鳴き声なのに扇情的に聞こえるし！　いったい誰がこんな危険物を持ってきやがった⁉

隣の小日向を横目で見てみると、彼女は恥ずかしそうに頰《ほお》を染めて顔を俯かせている。しかし内容は気になるのか、チラチラと上目遣いで画面に目を向けているようだった。トイレはさきほど済ませたばかりだし、身体をモジモジと動かしているのはきっと落ち着かないからだろう。

俺も小日向も、「この映画は止《や》めよう」と言い出すことができず、映画は進行していく。内容は、猫の集団による縄張り争いという名の戦争だった。いや、戦争という名の縄張り争いと言ったほうがいいのか？

この猫たちは機関銃やロケットランチャーなどを平気で街中で使っていて、周囲の人間に怒鳴られながら戦争を続けている。なお、銃弾や爆薬は木の実や花粉なので、死者がでるような戦争ではなかった。

主人公の猫――マウス＝デストロイヤーのセリフ、『これが最後のまたたびか……味わい深《ぶけ》ぇな』には不覚にもグッときたが、総評でいうと「なんじゃこりゃ」である。

ちなみにマウス君は別に死んでないし、警察官に抱っこされながらのセリフだ。加えて言うのであれば、最後のまたたびは警察官に没収されていた。

俺はなんとか最後まで見ることができたが、となりの小日向はこたつの天板におでこをくっつけて、すやすやと寝息をたてていた。あの内容だ、無理もない。

「長いようで意外と短かったな……まだ八時半か」

スタッフロールまでしっかりと見てから、俺はリモコンでテレビの電源を落とす。

部屋の中が静かになったため、小日向の息遣いがよりはっきり聞こえるようになってきた。

「おでこが真っ赤になりそうだな」

隣で寝ているクラスメイトに目を向けながら、苦笑する。

こたつとの間に枕かタオルを挟み込んでやりたいところだが、あいにく寝ている女子に軽々しく触れる度胸を俺は持ち合わせていない。これは女子が苦手であるということとは全く別物である。

俺は身体の後ろに手を付いて天井を見上げた。

さて……あと三十分、どうするかなぁ。というか、静香さんから連絡は来てないだろうか？　映画や小日向に気を取られてスマホを確認していなかったから、もしかしたら気付かないうちにチャットが来ているんじゃないか？

そう思い、ポケットにあるスマホを取りだそうとしたところで、

「い、いぃいいいいいっ」

思わず変な叫び声を上げてしまった。小日向が何の前触れもなく、俺の太ももにコテリと倒れ込んできたのである。

そしてそのままもぞもぞと身体を動かしたかと思うと、良い位置を見つけたのか、小日向は気持ちの良さそうな寝息をたて始めた。

小日向はスースーという規則正しい息遣いで、俺の太ももに暖かな空気を送り込んでくる。色々とヤバい。

「こ、小日向さんや？　こ、こここれはさすがにまずいと思うのですが⁉」

焦って声を掛けるが、彼女は熟睡しているのか起きる気配はまったくない。

さらに言うと俺の目線からは特に問題はないのだが、反対側から見たら彼女のスカートの中が丸見えになっている状態だ。警戒心どこいった⁉

これは彼女の身体に触れてでも起こしたほうがいいのか？　それとも声を掛けて起こす？

いやだがしかし、小日向にとっても男の膝の上で寝てしまったという結果は、無かった

ことにしたい事実の可能性がある。つまり、この状況を俺が知ってしまってはいけないのだ。

「そうか！　俺も寝ればいいのか！」

良くわからない結論に辿《たど》り着いたな、とは自分でも思ったけれど、これで俺よりも先に小日向が起きれば何も問題はないはずだ。そして彼女が心の奥底にこの事実を封印してしまえば、この膝枕は無かったことになる。つまり、平和だ！

スマホのアラームが十分後に最大音量で鳴るようにセットして、小日向の耳元に設置する。俺はそのまま後ろにゴロンと倒れて横になった。小日向にも横になったときの振動が伝わったはずだが、起きる気配はなし。

「寝よう、本気で寝よう。演技だと見破られる可能性もあるし」

太ももに小日向の温《ぬく》もりと重量を感じながら、ゆっくりと瞼《まぶた》を下ろしていると、俺のスマホが振動した。グワッと目を開いて、急いでスマホを手に取る。

「静香さんか！　まだ九時前だがもう帰宅して大丈夫なのか⁉　というかその場合どうすればいいんだ⁉　今すぐ爆音でアラームを流して寝たふりをするしかないか⁉」

そんなことを小声で呟《つぶや》きながら、スマホのチャット画面を高速で確認する。相手は予想通りの静香さんだった。

しかし、その内容は俺が予想していたものとは真逆のもので、

『ごめん智樹くん！　やっぱり十時でよろしくっ！』

小日向滞在、延長のお知らせだった。

☆　☆　☆　☆　☆

ちっちっち――と、静かになった人間たちの代わりに壁に掛けた時計が騒ぎ出す。音が鳴るほうへ目を向けると、長針がちょうど数字の九を示していた。どうやらこの耐久レース、あと七十五分も続くらしい。これを幸と捉えるか不幸と捉えるかは俺のみぞ知るということで。

「…………軽いな」

少し冷静になってきて、床に手をついたまま小日向の後頭部をぼんやりと眺める。そして、自分の太ももにかかる重さと体温を改めて実感する。家族でもなく、恋人でもなく、ほんの少し前に知り合ったばかりのクラスメイトの体温。猫や犬を飼っている人はこんな温かさを日常的に感じているのだろうか。

小日向が喋《しゃべ》らないのは、静香さん曰《いわ》く照れ屋であるから。

そして小日向が無表情なのは、父親を二年前に失ったことを原因としている。

一見関連性がありそうな無口と無表情だが、元となる部分はそれぞれ別物らしい。その事実を俺が知るということは、きっと必要なことだったのだろう。

「小日向は俺を父親みたいに見ているのかもしれないな」

彼女は無意識に、ぽっかりと空いてしまった心の穴を埋めようとしているのではないか。

俺はそんな風に考えた。

「もしかしたら俺の口調や雰囲気が、小日向のお父さんと似ているとか」

もしくは、説教じみたことを言ったのが彼女の琴線に触れた可能性もあるか。小日向を相手に怒っているような人、よくよく考えたら見た覚えがないもんな。せいぜい冴島ぐらいだろうか。

そんなことを真剣に考えていたら、俺の中にあった恥ずかしさや緊張が、少し和らいだ気がした。俺は何を浮かれているんだ――と。

小日向が父親を求めているというのに、俺が彼女を異性として認識してしまってはダメだろう。

もちろんこれは俺の勝手な想像による判断で、俺ひとりでは正誤判定もできないわけだけど……家族を亡くし、傷ついた小日向に俺はこれ以上嫌な気持ちを味わってほしくないのだ。

可愛《かわい》くて人気者の小日向が俺を異性として意識している——そんな天文学的確率の事象が起きているのであれば、この判断は完全なるミスなのだが……それは考えるだけ無駄だろう。

ちょっとボディタッチされたからといって、食後のデザートをシェアしたからといって、「もしかしてあの子、俺のこと好きなんじゃないか？」となるほど、俺は自意識過剰な人間ではない。嫌われていないのはたしかだと思うが。

「時間になったら起こすか。……アラームだとか寝たふりだとか、変な小細工しなくても、小日向は別に俺のことなんてなんとも思わないはずだ」

俺は彼女の保護者になった気持ちで、そっと小日向の髪を梳《す》いた。いっさい指に絡むことなく、さらさらとして触り心地の良い髪の毛だ。もし小日向にバレたら嫌がられるかもしれないけど、その時は正直に謝ろう。

異性としての好意に変化しつつあった保護欲を、俺は意識的に元に戻す。

もし俺の好意が原因で小日向との関係が悪化したりしたら、改善の兆しがある彼女のためにならない。そして俺に期待を寄せている静香さんを裏切ることにもなる。

「安心しろよ。どうせ俺はそんなにすぐ異性と恋愛なんてできると思ってなかったし、小日向の心の穴が綺麗《きれい》に埋まるまでぐらい、傍《そば》にいるからさ」

俺も彼女のおかげで女性への苦手意識が薄れていっているから、お互い様なのだけど。

いったいこの関係は、いつまで続くことになるのやら。

続いてほしいのか、早く終わって欲しいのか……当事者である俺にも、その結論を出すことはできなかった。

☆　☆　☆　☆

「おーい、起きろ。十五分前だぞ」

太ももの上でスヤスヤと寝息をたてている小日向の耳元で、俺は声をあげる。

それに反応して、小日向は猫のように身体《からだ》をギュッと縮めた。そして俺はしびれている足を刺激されて、「んぁっ」という謎の発声をした。誰にも聞かれたくない声である。

そんな風にして何度か声を掛けていると、太ももの上をごろごろと転がったりして俺を無意識に攻撃した小日向は、もぞもぞと身体を起こす。寝ぼけ眼で俺の苦悶《くもん》の表情を見た彼女は、不思議そうに首を傾《かし》げていた。ちなみに瞼は通常時の半分も開いていない。

「家まで送る――けど、ちょっと待ってくれ。足がしびれた」

いまだピリピリとする足を顎で示すと、彼女は薄い目で俺の太ももを見る。そして俺の顔を見て、また太ももを見た。

そして、ぼっ――という効果音が鳴るような勢いで、小日向の顔が真っ赤に染まる。瞼は限界まで上に持ち上げられた。

「…………っ！　っ！」

小日向はめちゃくちゃ慌てた様子で手をわたわたと動かしているが、それでも声は出さない。しかもそれで無表情というのだから――って、今の小日向、本当に無表情か……？　俺の目には慌てているような顔をしているように見えるんだが。

「別に気にするなよ。誰にも言わないし、太もも貸すぐらいどうってことない。それに、あの映画の内容じゃ寝てもしかたないさ」

俺が苦笑しながらそう言うと、小日向は顔を俯《うつむ》かせて、小さく頷《うなず》く。それから彼女はチラッと壁に掛けてある時計を見て、ピシリと固まった。

あぁ、そういえば小日向は一時間延長のことも知らなかったな。

俺が静香さんから延長願いのチャットが来たことを伝えると、再び小日向がわたわたと焦りだす。自分が予想以上に熟睡してしまっていたことを知ったからだろう。

「気にするなって。あと、別に恥ずかしいとも思わなくていいぞ。小日向はずっとこたつのほうを向いていたから、俺は寝顔も見ていない。だから、その、振り回した手がペシペシと俺の足に当たっているのをどうにかしてくれませんかね？」

そう言うと、彼女は驚いた様子で身体をのけ反らせた。そして何を思ったのか、なぜか俺の太ももを両手で撫《な》で始める。どうしてそうなった。

「それもくすぐったいから止《や》めてくれ！　というかそっちのが辛《つら》いかもっ!?」

俺の言葉を聞いて、再び慌てた様子になる小日向。またペシペシと手が太ももに当たる。

こうして俺は小日向の荒療治により痺《しび》れを回復させ、彼女を無事家まで送り届けたのであった。

第六章　甘えん坊は頭突きする

小日向《こひなた》と二人で過ごした日の翌日。

珍しく朝から冴島《さえじま》が小日向と一緒に二年C組の教室へとやってきた。

冴島は同級生との挨拶も簡単に済ませて、俺や景一《けいいち》がいる教室の後方へずんずんと歩みを進めてくる。顔面に『好奇心』と書いていそうな、とてもわかりやすい表情をしていた。

クラスメイトに挨拶されながらも冴島の後ろに引っ付いてきている小日向は、少しオロオロとしており、級友たちは俺と小日向を交互に見てから、温かいまなざしを向けてきていた。

おい！　そこの男女グループ！　いますぐその『朝からお熱いですねぇ』みたいな顔を止めろ！　特定食奢《おご》らせるぞ！

「おはよう杉野《すぎの》くん、唐草《からくさ》くん。――で、明日香《あすか》に聞いたら何もなかったって言うんだけど、反応を見る限り絶対そうじゃないんだよね！　実際のところどうなの!?　あ、もちろん言いたくない内容だったら言わなくていいからね！」

周囲には聞こえないようなこそこそとした喋り方で、冴島が話しかけてくる。

強烈な早口にうんざりしていると、俺と冴島の間にすっと手の平が上から振り下ろされた。景一だ。

「はいストップ。気持ちはわかるが、ちょっと落ち着けよ冴島。智樹《ともき》も改善しつつあるとはいえ、まだ苦手なのは変わってないんだから」

「あぁっ！　ごめんね杉野くん！」

冴島は両手を合わせ、目を瞑《つぶ》り謝罪の言葉を口にする。小日向も彼女の背中をペシリと叩《たた》いていた。

「謝るまではないんだけど……まぁ、一気に喋らないでくれると助かる」

苦笑しながらそう答えると、彼女はほっとした様子で胸に手を当てた。

「――で、親友の俺には『ゲームして映画見ただけ』とか言っていた智樹くんよ。これはどういうことかね？」

ニヤニヤと、先ほどまでの友人を守る善良ムーブはすっかりと鳴りを潜めてしまい、からかいに特化した表情で景一が問いかけてくる。

勘弁してくれよ……こういう恋愛に関係ありそうな話に興味が湧くのは理解できるが、当事者になっている状況だと同意しかねる。

チラッと小日向を見てみると、彼女は俺を見てから勢いよくブンブンと顔を横に振り始めた。とてつもない勢いと回数で、気分が悪くならないだろうかと心配になるレベルである。

これは間違いなく、例の膝枕で熟睡事件は言わないでくれ——ということだろう。顔が赤いのは首振りのせいか、はたまた恥ずかしさのせいか……。まぁ小日向が拒否せずとも、俺は昨日の事件を言いふらすつもりはない。だってからかわれるのが目に見えているし。

「何もないって。な、小日向」

景一に質問に答えつつ、小日向に話を振ると、彼女はコクコクコクコクといつもの二倍頷く。俺も他人事《ひとごと》じゃないのだけど、彼女のその必死さを見ると、どうしても「可愛い」という感想が浮かんでしまう。

「……まぁ小日向を見る限り、何かあったってのは間違いなさそうだなぁ。続きは昼休みにするか」

「そうだね。教室だと話しづらいだけなのかもしれないし」

景一と冴島がうんうんと頷きながら、勝手に話を進めていく。再度「何もないからな」と言ってみたものの、景一たちは「はいはい」とまったく取り合う様子がない。さすがに隠しごとをしているのはバレてしまっているようだ。俺が逆の立場だったとしても、何かあるに違いないと確信していただろう。

自分の教室へと帰っていく冴島と、それを見送る景一を見ながら、俺は静かにため息を吐《つ》く。

「……やれやれ。小日向、隠しごと苦手すぎないか？」

表情だけみると分かりづらいのかもしれないけど、動作があからさますぎる。

そういえば前に静香《しずか》さんが、以前の小日向は無口ながらも喜怒哀楽はハッキリしていた——とか言っていたっけ？　それってまさか、隠しごとが苦手って意味も含まれているのだろうか？

俺の言葉を受けて、小日向は抗議をするようにペチペチと俺の肩を叩く。拗《す》ねている表情に見えないこともない。

「まぁそれも小日向らしくていいのかもな」

ひとまず適当な結論を持ってきて、話を収束させることにした。

無口で無表情の印象を持っていた小日向に対し、なぜ俺は彼女の感情が分かりやすいことを『らしい』と思ったのかは……わからない。きっと、俺の中でも彼女のイメージがまだ定まっていないからなのだろう。

変化していく小日向の印象——だが、これから彼女が表情を取り戻したり、感情表現がさらに豊かになったとしてもきっとこれだけは変わらない——というモノもある。

「…………」

俺の言葉に照れてしまったのか、小日向は顔を俯かせて自分の制服の裾を弄《いじ》っている。

それから足をちょこんと動かして、俺の上履きをつついたりしていた。

動作のひとつひとつが一般の高校生とは少しずれている気もするが、全く悪い気はしない。

小日向は可愛《かわい》い――これはきっと不変の事実なのだ。

☆　☆　☆　☆

昼休みがやってきて、俺たちはいつも通り中庭に集まった。

移動中にクラスメイトから小日向との関係をからかわれたりするハプニングはあったものの、俺と小日向は付き合ったりしているわけではないし、彼らは小日向が俺の家に来たなんて事実は知らないから、せいぜいおそろいのストラップについての話題が関の山である。

昼食中は昼食中で、景一たちに質問攻めにされるんだろうなぁ、なんてことを考えていたのだが……。

「あきらかに変だよな」

俺は周囲から向けられる視線の数に、違和感を覚えていた。気にしないようにしていたのだが、さすがにこの量は無視できないレベルである。

そしてその視線は、クラスメイトたちから向けられるような生温かいものでもなく、別クラスから向けられる好奇心の類でもない気がする。なぜなら視線を向けてくる人たちには、笑みのカケラもなく、なぜか真剣そうな表情を浮かべているのだ。俺が目を向けると、サッと視線を逸《そ》らされてしまった。

「俺や冴島じゃないな――小日向はわからないけど、智樹が観察されてるのは間違いなさそうだ。しかもあれ、三年の先輩たちだぜ？　さらにいうと女子ばっかり」

景一曰《いわ》く、俺を観察している人物は三年の先輩らしい。こいつの中でもこの状況は異常に思えたのだろう――昨日の話題を引っ張りだそうとはしてこなかった。

過去に色々なければ「ついにモテ期が!?」だなんて浮かれることもできたかもしれないけど、残念ながらそうは問屋がおろさない。最近呼び出しを受けたばっかりだし。

「面倒だなぁ……またどこかから噂《うわさ》が流れたか」

以前、景一や冴島が偽の悪評を正してくれているとは聞いていたけど、それはあくまで二年生の話だ。他学年は当然範囲外である。

「前回みたいな呼び出しを受けないことを祈るしかないな……さすがに三年の先輩は無視できそうにないし」

これが女子でなく男子の先輩だったならどんなに良かっただろう。やっぱり厄払いに行くべきなのか？　それとも日頃の俺の行動を見直すべきか？

「もしもそうなっちゃった時は、あたしたちも一緒に行くよ！」

「そうだな、俺もそれがいいと思う。というか、まだそうなると決まったわけじゃないけどな」

景一は明るい調子でそんなことを言うが、俺にはどうしてもそう簡単に収まってくれる問題とは思えなかった。人数がやたらと多いし、なにより俺の中の第六感的なやつがそう言っている気がする。

俺はもう一度周囲をぐるっと見渡してから、こちらに向いている視線の数に顔を引きつらせ、盛大にため息を漏らした。

そして、俺の顔を見ながら不安げな表情を浮かべている小日向に言う。

「……ま、小日向は気にするなよ」

しかし彼女は俺の言葉に対し、首を縦にも横にも振ることはなかった。

家に帰宅して、風呂を済ませてから食事をとり、今日の出来事を思い出す。

昼休みから今に至るまで、十時間は超えているにもかかわらず、頭の中に思い浮かぶのは中庭で感じた大量の視線だ。四人で帰っている時も視線は多かったけれど、今回はほぼ全てが俺に向いているのだから同列視はできない。

景一と一緒に帰宅している間も、家についてからご飯を食べている間も、そして風呂に入っている間も――考えるのはそのことばかり。

ベッドに仰向《あおむ》けになって、大きく長いため息を吐いた。

「どうすっかなぁ……」

せっかくE組女子とも和解し、小日向と冴島とも仲良くなれた。特に後者は、中学時代の俺を思い出すとありえないぐらいの進歩である。

そんな矢先に、これだ。

おそらくあの視線は、例の俺の悪評が原因となっているものなのだろう。小日向と一緒にいることに対しての嫉妬の可能性もあるけれど、視線の主は女子ばかりだったように思う。もし嫉妬の視線ならば、同じぐらい男子から見られていてもおかしくないはずだ。

だから俺の推理によれば、あれは俺を呼び出したE組女子のようなタイプ――つまり、小日向を俺から守ろうとする奴《やつ》らだと思う。

「いいことばっかりは続かないもんだな。そんなバランス調整いらないっての」

誰に言うでもなく、俺は天井に向かって呟《つぶや》く。

というかバランス調整なんてものがこの世にあるのならば、中学校で息苦しい思いをした分、高校では少しぐらいハッピーに過ごさせて欲しいものなんだけど。俺は高望みしすぎなんだろうか。

「トラブルを避けるなら逃げるべきだよなぁ。小学校の二の舞になったら嫌だし、小日向たちに迷惑はかけたくないし」

急激に増加してしまった上級生からの視線に対し、俺はいくつかの対処法を考えた。

一つ目、完全に無視する。

この案のメリットは、今までの生活を変えることなくのびのびと自由に学校生活をおくれることだ。しかしデメリットとして、意味のわからない視線を浴び続ける必要があり、悪評のある俺と一緒に行動している三人に対し、よからぬ噂が付く可能性もある。加えて相手が強硬手段に出てくる可能性も視野に入れておかなければならない。

二つ目、視線の主に突撃する。

乱暴な案ではあるが、一番スッキリする方法であるのもたしかだ。もしも俺に向けられる視線が悪評に対するモノであった場合、誤解を解けばあっさりと解決する。しかしこれは相手が女子ばかりだということを考慮すると、俺の体質上かなり厳しい。エチケット袋必須の荒業だ。

つまりどちらもリスクがあり、選びづらい——という状況なのである。

そんなわけで、俺は三つ目の妥協案でことを進めることにした。

大量の視線にさらされた翌日、水曜日だ。

「気持ちはわからないでもないけど、あまり俺たちのことは気にしなくていいんだぜ？　なんなら智樹はおとなしくしてて、俺が代わりに突撃してもいいぞ」

俺は景一と二人で久しくご無沙汰だった学食に訪れていた。

最近は掃除でしか学食に訪れていなかったから、こうして昼休みに来るのは久しぶりだ。学年問わず、結構な人数の生徒ががやがやと騒ぎながら食事をしている。

「いいんだよ。特定食の奢《おご》りを消化するいい機会だ。それに……俺が原因で誰かが嫌な思いをするとか気に喰《く》わん」

「むしろこの行動で誰かさんを傷つけているとは思わないのかねぇ」

景一はやれやれと肩を竦《すく》め、呆《あき》れたような口調と表情で言う。んなこと言われなくてもわかってるよ。

特に小日向。「しばらく遊んだり昼食を一緒に取るのを止《や》めよう」と俺が説明したとき、彼女はめちゃくちゃ悲しそうな顔をしているように見えた。小日向は俺に懐いてくれているようだし、「距離をとろう」なんて言われたらそりゃいい気はしないだろう。

俺だってできることならいつも通り過ごしたいさ。

だけど、そのせいで小日向たちが傷つくような結果になったら目も当てられない。

「いつまでも別行動するってわけじゃないんだ。これで相手がどう変化するのか見定めて、次の行動を考えよう。可能ならゴールデンウィーク前にはどうにかしたいし」

本日は四月二十七日。

二十九日の昭和の日から五月五日のこどもの日まで続く大型連休目前である。

連休中、親父殿《おやじ》は仕事で忙しいようなので、俺としてはまた景一たちと遊べたらいいなと思っている。予定が合えば、冴島や小日向も含めて遊びたい。

稼ぎ時ということもありバイトも少しは入れる予定だけど、休みも何日かとる予定だ。人生に一度きりしかない高校二年生なのだから、遊ばなきゃ損ってもんだろう。

「そんなにすぐ結果がでるかねぇ？　ゴールデンウィーク前ってことは、今日と明日でどうにかするってことだろ？　能動的な作戦でもないし、なかなか難しいんじゃないか？」

「それは今日の変化次第だろ。何もなければまた考えるさ」

「まぁ何かするなら、事前に相談ぐらいしてくれよ？　智樹、ひとりで抱え込みそうだし」

「はいはい。頼りにさせてもらいますよ」

そう言って、俺は辺りを見渡してみる。

まだ学食に来て間もないからか、俺に向けられる例の視線は感じられない。時々チラッとこちらを見ている女子生徒もいるが、視線の先にいるのは景一だ。

モテる男は辛《つら》いねぇ――と、暢気《のんき》なことを考えながらも俺は周囲を警戒し、食事を進めていると、

「……ん？」

きょろきょろと辺りを見渡しながら、何かを探しているような雰囲気の女子生徒が学食を訪れた。あまり見たことないし、制服の雰囲気からしてたぶん三年生。そして彼女は俺の顔を見た途端にギョッとした表情になった。

その三年女子は口に手を当てて、驚きの声を抑えているようにも見える。顔を青ざめさせてから、彼女は駆け足で学食から去っていった。

……いや、さすがに意味がわからんのだが。俺が幽霊にでも見えたのだろうか？

「どうした智樹？」

もくもくと安上がりなちゃんぽんを食していた景一に問われるが、俺も理解していない

のでなんと答えていいのかわからない。俺の顔を見た女子生徒が顔を青ざめさせて逃げ出したとでも言えばいいのか？　意味がわからないけど事実なのが悲しい。

「わからん……さっぱりわからんが、変化はあった、かな」

歯切れの悪い言葉で、俺は首を傾《かし》げている景一に言う。

さて、この変化を元にして次の作戦を――って、どうすればいいんだ？

☆　☆　☆　☆

「なるほど……これは智樹の言う通り、変化ありだな」

昼休みが終わり、五限と六限の間の休み時間。

廊下にチラッと目を向けた景一が、何かを考えるように顎に手を当てた。いちいち仕草がカッコイイのはずるいと思う。俺に少しぐらい分けてほしい。

「さっきからこの教室の前を意味もなく歩いている三年、生徒会役員も全員いるな。智樹も興味がないとはいえ、生徒会長の顔ぐらいは知ってるだろ」

「それぐらいはさすがに。副会長とか書記までは知らないけど」

なぜかこの二年Ｃ組の前を意味も無く行ったり来たりしている三年生。その中には俺の知っている顔――生徒会長の姿もあった。直接のかかわりはないけれど、生徒会選挙演説は見ていたし、就任の挨拶も記憶に新しい。最近では始業式の日に見たな。

　現在の生徒会長は、十人中九人は認めるであろう美人であり、選挙では他を圧倒する票数で勝利をもぎ取っている。名前は忘れた。

　憧れや羨望の眼差《まなざ》しで見られる類の人だと思っていたけれど、現在は二年C組のほぼ全員から奇異の視線を向けられていた。そしてチラ見が目も当てられないほど下手くそである。なぜ目と一緒に口までこちらに向けるんだ。

　そういえば二年E組の女子たちはなぜか生徒会室に呼び出されていたなぁと思いながら廊下を眺めていると、生徒会長以外にも見覚えのある女子がいた。

「いま通った女子、ボウリング場で隣のレーンにいた気がする」

「マジで？　……まぁでも、この辺りのボウリング場なんてあそこぐらいしかないんだし、別に天文学的確率ってわけじゃないだろ。さすがに偶然じゃね？」

「だよな……ビクビクしすぎか」

　もしあれが仕組まれた状況だったとしたら、やっていることはもはやストーカーである。その行動原理が悪意であれ好意であれ、気分がいいものではない。たまたまボウリング場で見かけて、隣のレーンを確保したぐらいならば許されるかもしれないけども。

「やっぱり智樹と小日向を気にしているみたいだけど、めちゃくちゃ動揺してる感じだな。

意味がわからん」

景一の言う通り、生徒会長を含め意味不明な行動をしている三年生は、そろいもそろって焦ったような表情を浮かべているのだ。理由は不明。視線から察するに、俺や小日向に関わることであるということは間違いないのだろうけど。

なんだかあの慌てふためいた様子を見るに、俺から接触するまでもなくお相手さんのほうから声を掛けて来そうな気さえしてきた。

そして、その予感は実にあっさりと的中する。

『二年C組、杉野智樹くん。放課後、生徒会室へお越しください。繰り返します――二年C組、杉野智樹くん。放課後、生徒会室へお越しください』

六限の授業が終わって、掃除の時間。

そんな俺を呼び出す放送が校内に鳴り響いたのであった。

生徒会室に来い――そんな校内放送を聞いたクラスメイトたちが、なんだなんだとざわめき始める。

もちろん俺はそんなに人気者ではないし、クラスのムードメーカーってわけでもないから、興味のなさそうな人がほとんどだけども。あ、いちおう悪い噂《うわさ》があるという意味では有名なのかもしれない。悲しい。

一部の男子たちがからかい混じりに「なんかやっちゃったの？」なんて野次馬《やじうま》根性剝《む》きだしで聞いてきたりしたが、俺としても正確なことは知らないので「さぁ」と首を傾げるほかない。

窓の外に手を出して黒板消しを叩《たた》いていた小日向も、手を止めて俺がいるほうをジッと見ていた。心配してくれているのなら嬉《うれ》しいが、残念ながらその判別は今の俺には難しい。彼女は基本的に、無表情だからな。

ちなみに黒板消しを叩いている小日向の傍《そば》には、当たり前のように女子が控えており、邪魔にならないように身体《からだ》を支えていた。

……やっぱりあいつは俺と違って、愛されてんなぁ。

そんな彼女の隣に俺がいると、やはり分不相応と思われてしまうのだろうか。

掃除が終わり、終礼間際。

わずか十分たらずの間に、あっさりとクラスメイトたちは校内放送に対する興味を失ったようだ。未《いま》だに頭を悩ませているのは当事者と関係者のみである。ストレスで禿《は》げたりしたら、いったい慰謝料は誰に請求すべきなのか。

「実はまったく関係ない用事だったりして」

俺は机に顎を付け、だらけた姿でそんな願望を呟《つぶや》いてみる。あー何もかも忘れて、ゲームしたい。

「それはないだろうなぁ……智樹とあっち、両方見ていたみたいだし」

景一の言う『あっち』とはもちろん小日向のこと。やっぱり小日向関連の内容だよなぁ。俺ひとりの問題だったらもう少し気が楽なんだけど、なんだか人間関係に口を出されそうで嫌になる。

俺は頰《ほお》を机に付けてから、景一がいるほうを向いた。こいつは鞄《かばん》の中に教科書を詰める作業をしているようだが、お構いなしに俺は話しかける。

「面倒なパターンは、噂を鵜《う》呑《の》みにして『悪人は小日向から離れろ！』とかいう状況だな。あと、ただ単純に小日向と俺が一緒にいるのが気に喰わないパターン」

前者は俺が証明を頑張るしかないけれど、後者は小日向が自分の意思を伝えてくれたら手っ取り早い気がする。

というか、年上だろうがなんだろうが、人の人間関係に口出しすんじゃねぇよ——って
のが俺の正直な気持ちだ。しかも校内放送まで使って……職権乱用も甚だしいだろ。

「俺が何をしたってんだよ……はぁ」

そんなことを考えて若干の苛立《いらだ》ちを覚えていると、景一が苦笑いを浮かべて俺の背後に視線を向けていることに気付いた。身体を起こして振り返ってみると、そこには見慣れた無表情の少女が棒立ちしている。俺と目が合うと、彼女は怒ったような顔で首をブンブンと横に振り始めた。

「あー……もしかして、聞いてた？」

コクリと頷《うなず》く小日向。彼女には今回の作戦を説明するにあたり、ふんわりと「変な視線を感じるから」ということにしていたのだが……まずったな。とりあえず何か弁明しないと。

「今のはあくまで可能性があるってだけで——というか俺の妄想みたいなもんだから、気にするんじゃないぞ？　ほら、小日向って男女問わず人気だからさ」

と、事実をもとにして小日向を褒めてみるが、彼女の負のオーラは一向に収まらない。

「あー……あれだあれ、たぶん生徒会っていうぐらいだから、俺の悪い噂を聞きつけて、本当なのか確かめようとしたんじゃないか？　変な生徒がいたら注意しておきたいだろう

し」

生徒会の人たちが「小日向にも視線を向けていた」という事実を無視した予想を口にしてみる。より一層、小日向の負のオーラが増した気がした。

なんだか浮気がバレてしまった夫の気分だな……もちろん彼女いない歴＝年齢の高校生男子であるがゆえ、そんな経験は全くないのだけど。

「行ってみないことには正確なことはわからないし、小日向は俺と冴島と一緒に教室で待機していようぜ。もし智樹が言いがかりとか変なこと言われたようなら、俺たちで生徒会に抗議しに行こう」

と、景一からの助け舟が出た。小日向はその言葉を聞いてコクリと大きく頷く。

丸く収まった――ということでいいのだろうか？

☆　☆　☆　☆

冴島が「どういうこと⁉」と終礼中に突撃してきたことを除いて、何事もなく放課後を迎えた。俺は不安げな表情を浮かべている三人を教室に残し、ひとり校舎一階の生徒会室へ向かう。

「さすがに緊張するな」

生徒会メンバーは全員が女性らしく、トラウマを抱えている俺としては今すぐに回れ右をしたい気持ちでいっぱいだ。だが、晴れやかな気持ちでゴールデンウィークを迎えるためにも、この面倒ごとは今日で終わらせておきたい。

俺は深呼吸を何度かしてから、『生徒会室』のプレートが張り付けられた部屋をノックした。そして「二年の杉野です」と扉越しに声を掛けると、「入ってくれ」という凛《りん》とした声が返ってくる。

恐る恐るドアノブを捻《ひね》り扉を開くと、そこには二人の女性の姿があった。思ったよりも人の数が少なくて、俺は静かに安堵《あんど》の息を吐《つ》いた。

部屋の真正面には窓ガラス。その手前には木製のワークデスクが設置してあり、その社長席みたいな場所で手を組み、口元を隠している人物が一人。そして部屋の右壁面にあるホワイトボードの前に立つ女性が一人。

あの偉そうな席に座っている人が生徒会長だな。何度か見たことがある。

そして右側に立っているインテリ眼鏡の人も、さっき二年C組の前を右往左往していたな。十中八九、生徒会のメンバーだろう。

「杉野二年、まずは座ってくれ」

「わかりました」

生徒会長にそう促されたので、俺はそれに従う。名前の呼び方が独特だなこの人——と心の中で思えるぐらいには、俺もまだ冷静さを保っていた。

部屋の中央には長机が設置されていて、パイプ椅子が三脚ずつ向かい合うように並んでいる。俺は左側の真ん中の椅子に腰かけた。

「まずは自己紹介からしよう、私は斑鳩《いかるが》いろは——今年度から生徒会長を務めている」

俺が座ったことを確認すると、生徒会長——斑鳩会長は手を組んだ姿勢を崩さぬまま、重々しい口調でそう言った。

黒く長い髪に、切れ長の目、整った顔のパーツ——そういった彼女の外見も、今のこの雰囲気を作り出している一つの要素なのだろう。本当に年齢がひとつしか違わないのかと思ってしまうほど、俺の目には彼女が大人びて見えた。制服さえ着ていなければ、大学生と言われても社会人と言われても納得してしまいそうなほどである。

まるで圧迫面接だな——彼女の名前を聞いているだけなのに、無意識に姿勢を正してしまいそうな緊張感がある。

生徒会演説や全校集会での話を聞いているときは何とも思わなかったのだが……それだけ今回の話の内容が重々しいということだろうか？　となると、やはり話の内容は俺の悪評の件なのか？

いつもよりうるさい心臓の音を聞きながら、頬に冷汗が伝う感触を味わっていると、斑鳩会長は「そして」と自己紹介を続けた。

「――昨年に引き続き、今期もＫＣ――『小日向たんちゅきちゅきクラブ』の会長を務めている」

「…………は？」

目まいがした。

思わず頭を抱えてしまいそうなクラブ――『小日向たんちゅきちゅきクラブ』――の名称については一旦忘却の彼方《かなた》に追いやるとして、問題はその活動内容だ。

名称から察するどころか聞いたままなのだけど……彼女たちが小日向に対し好意を抱いているのは考えるまでもない事実。むしろストーカーレベルにやばい愛情を持っていてもおかしくなさそうなクラブだ。

最近になって小日向と関わるようになった俺に対し、この頭の痛いクラブ名の連中が嫌悪の感情を抱いていてもおかしくはない。

「……先輩がたは、俺が近頃小日向と一緒にいるから気に喰《く》わないんですか？」

ギャグみたいなクラブ名のせいで場の空気が変わるかと思いきや、そんなことはない。

斑鳩会長も、もう一人の生徒会役員も、いたって真面目な表情を浮かべている。

そして俺も、自分が呼び出された理由が俺を小日向から引きはがそうとしてのモノだと思い、若干声音に苛立ちを込めていた。

喧嘩腰《けんかごし》の口調だったために、なにかしら相手も反攻してくるかと思ったが、意外にも俺の予想を聞いた斑鳩会長は「やはりか」と苦々し気に呟き、額に手を当てていた。

「我々の予感は的中したということだな」

ため息交じりにそう言った彼女は、ホワイトボード前に立つ生徒会役員に目を向ける。

予感ってなんだよ。

「ええ。接触して正解でした」

眉間にしわを寄せたまま頭にクエッションマークを浮かべる俺をよそに、はきはきと回答する役員の女子。

このホワイトボードの前に姿勢正しく立っている生徒会役員は、小日向とまでは言わないが背の小さな人だった。肩にかかるぐらいの黒髪で、前髪をピンでとめて横に流している。真面目そうな雰囲気の人だ。

彼女は斑鳩会長に返答したのち、俺のほうへ身体を向ける。

「私の自己紹介はまだでしたね。生徒会副会長、白木倫《しらきりん》です。どうぞよろしくお願いします」

「はぁ……よろしくお願いします」

あまりよろしくしたくないなぁと思いながらも、俺は社交辞令として返事をする。

俺の返事に頷いた副会長——白木先輩は丁寧な物腰で俺に頭を下げた。

こんな普通の人が、はたして本当に斑鳩会長とおなじくKCCという頭のおかしなクラブに所属しているのだろうか……？　実は生徒会長に仕方なく付き合っているだけとか？

「杉野智樹くん、あなたが複数の女性と話すことを苦手としていることは存じています。無論、あなたの悪い噂《うわさ》が全て事実でないということも調査済みです」

調査済みって……この人たち、そこまでしてるのかよ。

小日向に関係しているからか？　それとも桜清《おうせい》高校の生徒だからなのか？　わからんな。

「この場に私と白木副会長しかいないのも、君に配慮してのことなのだよ。今回君を呼んだことについても、君が話を聞きやすいように白木副会長ひとりに説明してもらうつもりだ。彼女は学年一位の頭脳を持っているからな。きっと私が話すよりもわかりやすいだろう」

「そういう会長も前回のテストでは学年二位だったではないですか」

「一番と二番の間には大きな差があるのだよ」

くっくっく——と可笑《おか》しそうに笑う斑鳩会長。その表情の中に「悔しい」という感情は入ってなさそうだ。

テストの順位とかどうでもいいから、さっさと本題を進めてくれよ。というか説明の上手《うま》さに頭の良さはそこまで関係ないだろ。

俺の心の声が伝わったのか、白木先輩はコホンと咳《せき》ばらいをして、「では」と話し始める。

「杉野智樹くん。あなたは四月に貧血で倒れた生徒の数をご存知《ぞんじ》ですか？」

「は？……い、いや、知らないですけど」

話がいきなり変な方向に進んだので変な声が出てしまった。

俺と小日向と貧血——うん、どう考えても関係ない。

「私や会長を含め——合計三十名です。保健室の利用回数は百を優に超えています」

なぜか誇らしげに言っている白木先輩に対し、俺は「はぁ」と返事をするので精いっぱいだ。意味がわからない。しかもやたらと数が多いし。

そんなにうちの高校は血が足りていない人の集まりだったのか？　謎の偏りだ。

「我らが天使——今や神となった小日向たんは、視界に一秒映るだけでも麻薬のような効果を我らの脳に与えるのです」

kcc

あ、だめだわ。やっぱりこの人『小日向たんちゅきちゅきクラブ』のメンバーだわ。会長に付き合っているだけの普通の人じゃないわ。完全に同類だわ。

「そのエネルギー量は、宇宙誕生のビッグバンをも凌駕《りょうが》します」

「凌駕してたまるかっ！　地球消滅するわ！　そこら中で宇宙生まれてるじゃねぇか！」

俺は思わず、相手が上級生であることも忘れ強めのツッコみを入れてしまう。

しかし白木副会長は俺の言葉を聞いてくれているが、口を止める様子はなかった。

「ご安心ください杉野智樹くん。我らＫＣＣは、その熱量を体外に『鼻血』という形で放出することにより、事なきを得ています」

貧血で倒れておきながら「事なきを得ている」はないだろう。この人が学年一の秀才とか……桜清高校大丈夫か？　いちおう進学校なんだが。

その後、俺は呆《あき》れて言葉を挟むこともできず、ただぼけ〜っと白木先輩の話を聞いていた。

だってホワイトボードまで使って「私たちは物理法則から解放されるのです」とか、「あの時の私は間違いなく光より速かったですね」なんて説明しているんだぞ？　俺は何と答えればいいんだ？

白木先輩はいたって真面目に話しているようだが、俺はどうもそういう気分になれそうにない。だって内容ギャグだし。なんだか戦地に行くような心境でやってきた俺がバカみたいだな。

「昨年も貧血で倒れる生徒はいましたが、ひと月あたりの数は今月の一割程度——つまり、この一ヶ月で急激に十倍へと膨れ上がったのです。その要因は杉野智樹くん、あなたなのですよ」

と、ふいに白木先輩が気になることを言った。なんだか貧血を俺のせいにされた件。勝手にほうれん草くっとけや。

「俺は何もしていないんですがね」

俺がため息交じりに答えると、白木先輩は神妙な面持ちで首を横に振った。

「我らが天使——小日向たんはあなたという素晴らしい人間と過ごすことで、神となりました。以前は無口な天使でしたが、杉野智樹くんと一緒にいる時のあのいじらしい姿——恥ずかしそうにしながら腰ペチ——すみません会長、ティッシュをとってもらえますか」

白木先輩の要請に、斑鳩会長はうんうんわかると言いたげに頷《うなず》きながらティッシュ箱を手渡している。それを受け取った白木先輩は何枚かティッシュを手に取って両方の鼻の穴に詰めた。

ちなみに会長もいそいそと鼻にティッシュを詰め始めた。めちゃくちゃマヌケな姿である。

「我らＫＣＣはあの神の姿をいつまでも見守りたい——つまり杉野智樹くんには小日向たんから離れて欲しくないのですよ——ここまで言えば、私たちがなぜあなたを呼び出したのかお分かりですよね？」

と、鼻の詰まった声で白木先輩が言う。あ、ティッシュが赤くなってきた。

彼女の出血具合はどうでもいいとして、つまりこういうことか。俺が今日、小日向と一緒に昼食を食べていなかったから、ＫＣＣの連中は『可愛《かわい》い小日向が見られない』と焦ったと。そしてその原因が、自分たちにあると理解している様子。

静香さんも言っていたが、俺が小日向にいい影響を与えているというのはとても嬉《うれ》しい。だけどＫＣＣの皆さんよ、そもそもの原因はあんたたちだぞ？

「あんなに監視されるみたいにジロジロ見られたら、そりゃ一緒に食事も取れないですよ。なんであんな事をしたんですか？」

「そのことに関しては……謝罪します。組織の中で『どうしたら杉野智樹くんの立ち位置になれるのか』という議題が上がりまして、その影響ですね。しかし今回のことで不用意な観察はタブーとなりましたので、今後は安心していちゃいちゃしてください。ちなみにボウリング場とファミリーレストランに居合わせたのは本当にたまたまですので、怒らないでください」

「お前らファミレスにもいたのかよ！　というかいちゃいちゃしてるつもりはないんですけどね！」

「私たちは運よくその光景を見た時に絶頂したいと思います」

「その言い方は止《や》めてくれませんかねぇ!?　比喩でももっとまともなのにしてくださいよ！」

「はい？　比喩ではありませんが」

「手遅れだ！　この人もうダメかもしれない！」

逃げろ小日向！　そして俺も今すぐこの悪の巣窟から逃げだしたい！

というかもう帰っていいんじゃね!?　帰って良いよな!?　話は終わったよな!?

会長と副会長が「普通ですよね？」「普通だな」と会話している隙に、俺は座っている椅子に手をかけ、ゆっくりと立ち上がった。

適当に挨拶して、相手の返事を聞く前に部屋から抜け出そう――そう考えて入り口の扉に目を向けると――ちょうどガチャリと扉が開くところだった。

まさか他の生徒会役員が来たのだろうかと焦ったが、

「――小日向？」

入ってきたのは、俺の予想だにしていない人物だった。

呆然《ぼうぜん》とする俺たち三人をよそに、テクテクと有無を言わさず生徒会室に入ってきた小日向。

彼女はなぜか今にも零《こぼ》れ落ちそうなぐらい目尻に涙を溜《た》めていて、いつもの無表情ではなく、明らかに怒ったような表情で会長たちを睨《にら》みつけていた。

～景一　side～

「じゃ、行ってくるよ。あまりにも戻ってくるのが遅かったら、俺に気を遣わず先に帰っていいからな」

そんな風に智樹は軽い口調で言って教室を出て行く。

俺たち三人はそれぞれ「智樹こそ俺たちを忘れて帰るなよ」とか「頑張ってね！」とか、『帰らない』と首を横に振ったりして意思表示をした。

一見すると智樹は平常心に見えるけど、強がっているのは長年付き合っている俺には丸わかりである。どうせ「心配かけないように」なんて思っているんだろうが、バレバレだ。

喋《しゃべ》らない小日向のことは平気なようだし、冴島は気を遣ってくれているから大丈夫なんだろうが、女子ばかりの生徒会は智樹にはきついだろうな。

この呼び出しに従うことが吉と出るか凶と出るか……いくら頭を悩ませても、その答えを俺が見つけ出すことはできなかった。

智樹が教室を出てから、だいたい二十分が経過。

俺はスマホに表示されている時刻を眺めながら、ため息を吐《つ》いた。

「……遅いな」

まだクラスメイトはちらほらと教室に残っているが、大半の生徒は部活に行くなり家に帰るなりして既にいなくなっていた。窓の外からは部活に精を出している学生たちの声が聞こえてくる。

「でも、本当になんで生徒会が杉野くんを呼び出したんだろうね」

冴島が難題にぶつかったような――そして困ったような顔で言う。俺だってわかんねぇよ。可能性としては小日向関係が有力だろうが、それが智樹の噂と関係しているのか、それとも無関係なのか――判断するのは難しい。

「そろそろ、様子を見に行ってみるか？」

ある程度時間も経《た》ったし、教室にいても落ち着かないので、俺は二人にそんな提案をしてみる。

この二階の教室から一階の生徒会室に行くまでの経路は限られているし、すれ違いになることはまずないだろう。

「………（コクコク）」

俺の言葉に対し、ずっと顔を俯《うつむ》かせていた小日向が顔を上げて頷いた。無表情ながら、いつもより雰囲気が暗く感じる。きっと彼女も智樹のことが心配なのだろう。

この一ヶ月で――智樹の中で女性との関係に大きな変化が起きた。

そして智樹がそうであったように、小日向にとっても人間関係が大きく変化した一ヶ月だったのだろう。もちろん、その相手は俺の親友だ。

「そうだね、行こうよ！　生徒会の人たちがもし杉野くんをいじめているようなら、私たちで助けないと！」

冴島は拳を握って、正義を口にする。

善意で振りかざす正義の刃《やいば》はたしかに恐ろしいが、俺がしっかり冴島の手綱を握ってやれば問題になることはないだろう。激しいトークで暴走されたら俺の親友は困るだろうし。

あの頃、弱かった俺たちを助けるために立ち向かってくれた智樹への恩は、しっかりと返さないとな。

そして智樹が苦手を克服してまともに恋愛できるようになったら、俺もいつか――。

☆　☆　☆　☆　☆

小日向を挟むような形で、三人並んで生徒会室を目指す。

俺を含め全員緊張しているのか、会話はない。一名はもとから話さないだけなのだが。

近くまで来たところで、冴島が緊張の限界に達したらしく、不安げな声で言った。

「噂《うわさ》に対しての誤解だったなら、あたしたちも協力して説明すればいい。明日香と一緒に行動するのが気に入らないっていうなら、あたしたちも生徒会と戦う。別に上級生に嫌われたっていい」

冴島はそこでいったん話を区切り、一度呼吸を整えてからこちらを向く。

「だけども し……もしもだよ？　杉野くんが生徒会の人に『明日香と一緒にいると、彼女に迷惑だ』なんて言われ方をしたとしたら、身を引いちゃわないかな？　ほら、杉野くんって優しくて、あたしたちによく気を遣うから……」

彼女の声は徐々に小さくなっていき、最後のほうはかすれたようなモノだった。

言いたいことはわかるし、俺も当然その可能性は考えた。たしか生徒会長と副会長は秀才との噂だし、頭が回るのであればそういう誘導の仕方も考えるだろう。まぁ、学力とそういう知恵は別物かもしれないが。

「あー……そういう憶測は軽々しく口にするもんじゃねぇぞ」

だけど俺がその可能性を話さなかったのは、この場にいる約一名に対して大きなダメージを与えてしまいそうだったからだ。

そして俺の予想通り、小日向はテクテクと生徒会室を目指していた足を止めて、顔を俯かせてしまった。小さな手でスカートをギュッと握りしめている。彼女の中で何かしらの感情が抑えきれなくなってしまったのだろう。

それに気づいた冴島が、慌てた様子で小日向の傍《そば》に駆け寄る。腰をかがめ、彼女の視線に合わせた位置で「だ、大丈夫だよ！」と全然安心できないような震えた口調で言った。

何をやってんだか。

「きっと杉野くんは、何か別の用件で呼び出されているんだよ！　生徒会室に近づいたら、案外笑い声が聞こえてくるかもしれないよ？」

小日向の手をとって、冴島は明るい声で話しかける。

笑い声が聞こえてくるパターンは、生徒会役員が女子であることを考えると難しいだろうなぁ。だけど、小日向は視線を足元に向けたままだが小さく頷いているし、良かったといえば良かったのか。

だが——結果的に見ればそれは大失敗だった。

「――――っ！　――――――っ！」

生徒会室が目と鼻の先にまで迫ったところで、扉の向こうから智樹の叫び声が聞こえてきたからだ。何と言っているかまでは判別できないが、少なくとも笑い声ではないのはたしかだった。

智樹が全力でツッコんでいる時も似たような感じの声量だが、相手が上級生の生徒会役員であることを考えると、その可能性は限りなく低いだろう。脳裏に、小学校の頃女子と言い争っていた智樹の姿が浮かんできてしまう。

ふいに聞こえてきた智樹の大声に、思わず立ち止まってしまう俺と冴島。

しかし、間に挟まれていた――俺たちに守られるような位置を歩いていた小日向だけは違った。

立ち止まるどころか、前に進む足を加速させて、真《ま》っ直《す》ぐに生徒会室の扉へ向かっている。そして彼女は躊躇《ためら》うことなくドアノブを握り、捻《ひね》った。

この中で一番弱く、そして感情の起伏が少ないと思っていた小日向が――だ。

「――あっ、明日香!?」

「小日向!?」

俺たちが彼女を呼ぶ声も、きっと今の彼女には届いていないのだろう。聞こえていたとしても、彼女にはそんなことを考える余裕がないのかもしれない。そして、聞くつもりがないのかもしれない。

おそらく小日向の頭の中は、いま俺の親友のことで満たされているだろうから。

～智樹 side～

「――小日向？」

生徒会室へ突如乱入してきた小日向は、零《こぼ》れそうになっている涙を堪《こら》えるように小さな手をギュッと強く握りしめている。そして鋭い視線を生徒会の二人へと向けていた。で、自らが崇《あが》める神から睨まれている変態二人はというと、哀れに思えるほどにうろたえてしまっている。オロオロと視線を部屋中に彷徨《さまよ》わせたり――挙動不審に身体《からだ》を意味なく動かしたりしていた。

だがしかし、時折幸せそうにへにゃりと相好を崩していたりする。実に変態的だ。

おおかた小日向を間近で見ることができて嬉《うれ》しいのだろうけど、現在進行形で睨まれているんだぞあんたたち。

「………………花粉症？」

続いて部屋へ入室してきた冴島が、生徒会の二人を見て首を傾《かし》げている。二人とも鼻にティッシュを詰めているし、当然の反応だな。

だけどちゃんとよく見てほしい、そのティッシュ、元から赤いわけじゃないんだぜ。

景一は状況が飲み込めないのか、部屋の様子を見て顔を引きつらせるだけだった。生徒会長と副会長がマヌケな姿をさらしているのだからしかたないだろう。

というか、まさか三人が生徒会室に突撃してくるとはな……まぁ、ちょうどいいか。そろそろ帰らせてもらおうと思っていたところだったし。ベストなタイミングと言えばそうなのかもしれない。

俺は、なぜか涙目になって生徒会の二人を睨《にら》んでいる小日向の肩をぽんと叩《たた》き、彼女だけに聞こえるような小声で諭すように言った。

「小日向、お前はこれ以上関わらないほうがいい。悪影響しかないぞ」

この『小日向たんちゅきちゅきクラブ』というやばい集団の存在を、小日向は知るべきではないだろう。彼女はこの悪の巣窟――生徒会室へ訪れるのはこれっきりにしたほうがいい。

白木副会長もさきほど、不用意な接触は避けると言っていたし、俺たちから関わるようなことがなければ問題になるようなことはないだろう。相手が女子だからまだいいけど、一歩間違えればストーカーと変わらないしな。

とはいえ、警戒するに越したことはない。

景一と冴島にはあとから真実を話して、俺たちでこのアホ共を食い止めるとしよう。

そんなことを考えながら小日向に言葉を掛けたのだが、なぜか彼女は勢いよくこちらを向くと、ぽろぽろと涙を流し始めてしまった。

あまりいつもの表情と変わらないのだけど、それでも悲しみの感情が宿っているのはわかる。下唇を嚙《か》みしめて、何かを訴えるようにジッと俺の目を見ていた。

「ど、どうした小日向⁉ なんで泣いてるんだっ⁉」

のちに思い返せば、この時の俺が彼女に言った言葉には、肝心な言葉が欠けていたのだと思う。

俺はＫＣＣ――『生徒会』に関わらないほうが良いと言ったのであって、『俺』に関わるなと言ったわけではない。しかし彼女には、後者のように聞こえてしまったらしい。

俺はその事実にこの動揺している状況で気づくこともできず、ただオロオロと周囲を見渡して助けを求めることしかできなかった。

どうすればいいどうすればいいどうすればいい⁉ 生徒会の二人は茫然《ぼうぜん》としており鼻に詰めたティッシュから血を滴らせているし、冴島と景一も俺と同じように動揺しているし！　助けてくれそうな人物がこの場にいないじゃないか！

自分でこの状況をどうにかするしかない――そう思ってひとまず間近にいる小日向に目を向けると……目を向けると――？

「へ？」

なぜかこちらに近づいて来る彼女の後頭部が目に入った。色素が薄く、思わず指で梳《す》きたくなってしまうような滑らかな髪の毛が俺の目の前にある。

そして、胸に軽い衝撃が伝わってきた。トン――と、痛くもなく、かゆくもなく、ただ小日向の重みを感じるだけのような……そんな衝撃。

……………え？　なんだこれ？　頭突き？

戸惑う俺をよそに、小日向は俺の胸に頭を付けた状態で、今度はぐりぐりと頭をこすりつけ始めた。なんだか猫が自分の臭いをこすりつけているようで、いつも以上に小動物っぽい動きだった。

――って、なぜ俺はクラスメイトの後頭部を冷静に観察してるんだ！

「あ、あの～、小日向さん？　何をされていらっしゃるので？」

ぐりぐりと未《いま》だに頭をこすりつけている小日向に問う。

俺の目線からは彼女の後頭部しか見ることができず、彼女がいったいどんな表情をしているのかわからない。しかし直前にみた彼女の涙を思い出すと、行動を阻害する気にはなれなかった。

しかしこの行動にいったい何の意味が？　小日向はいったい何がしたいんだ？

オロオロしながらそんな疑問を頭に思い浮かべていると、冴島が「わぁ」となぜかこの場にそぐわぬ嬉しそうな声を上げて、

「明日香がパパさんによくしてたやつだ！」

――と、言葉を続けた。

パパさんによくしてた――それってもしかして、静香さんが前に言っていたやつか？

小日向の甘えん坊エピソードとして、たしかそんな話をしていた気がする。

ということは、今の彼女は俺に甘えているということになるんだが……なぜ？

ぐりぐりと未だに頭突きを継続している小日向の後頭部を見ながら首を傾げていると、景一がこちらに近づいてきた。

「なんかめちゃくちゃな状況だけど、結局どうなってんの？　生徒会の人たちは智樹になんの用事があったわけ？」

景一は、やや困惑したような表情で俺に問いかけてくる。

用事――用事かぁ……。

言ってしまえば、今回俺が生徒会――ＫＣＣに呼び出しを受けたのは『小日向とこれからも一緒にいてくれ』っていう要請が理由なのだけど、俺はそういう願いを聞くつもりはない。

静香さんにも言ったが、俺は誰かに頼まれたからではなく、自らの意思で小日向と仲良くなりたいと思っているからだ。

「簡単に言うなら、向こうからの謝罪だよ。変な視線を向けて悪かったって。俺たちが仲良さそうにしているのが微笑《ほほえ》ましかったんだと」

と、小日向がいる手前、本当のことを話すわけにもいかず、適当な嘘《うそ》を織り交ぜつつ景一に説明する。すると、景一は「そりゃよかった」と少し納得してなさそうな表情で答えた。こいつには後から真実を伝えないとな。

そして俺の胸に頭をこすりつけていた小日向はというと、俺の言葉を聞いてからぐいっと勢いよく顔を上げた。下を向いていたからあやうく顎に頭突きを喰《く》らいそうだったが、寸前のところで回避に成功。危なかった。

真っ赤に充血し、潤んだ瞳で小日向は俺を見る。まるで「本当に？」と言っていそうな表情だ。俺は小日向のおかげでエスパーに目覚めたかもしれない。すごく限定的なエスパーだけども。

「本当だって。明日からまた中庭で昼飯だな。晴れるように、一緒にてるてる坊主でも作るか？」

俺が冗談めかしてそんな事を言うと、小日向は勢いよくコクコクと首を何度も縦に振る。

高田《たかだ》が妹のためにせっせとてるてる坊主を作っていた理由がわかった気がするな。ここで『大好き』だなんて言われながら抱き着かれたら、そりゃ堕《お》ちるだろ。まぁもしも彼女がその言葉を口にしたとしても、恋愛ではなく親愛の『大好き』なんだろうけども。

「よし、じゃあいっぱい作ろうな」

「………………（コクコク！）」

元気よく頷《うなず》いた小日向は、再び俺の胸にボスッと頭突きをして、頭をこすりつけ始めた。

まるでぽっかりと空いた心の隙間を埋めるように、失った時間を取り戻すように、

――ぐりぐりぐりぐりと。

しばらくのあいだ俺の胸に頭をこすりつけ続けた小日向は、気持ちが落ち着いたのか、静かにその動きを止《や》めた。しかし、

「…………小日向？」

動きを止めたのはいいのだけど、小日向は顔を見られたくないのか、ほぼ俺の胸に密着

していているような距離で停止している。というか鼻先は今もくっついている。

顔を隠したいなら自分の手で隠すなり、後ろを向くなりすればいいのに……。あぁ、後ろには景一たちがいるからダメなのか。

傍《はた》から見れば抱き着いているように見える距離感——しかし俺たちは互いに棒立ちだ。手は相手の背中に回していないし、接触面も小日向の鼻と俺の胸、あとはお互いの制服が僅かに擦れ合っている程度である。

俺が一歩足を後ろに引けばこの状況を簡単に打開することはできるのだけど、小日向が満足するのならしばらくはこのままでいいんじゃないかと俺は思った。

恥ずかしさと緊張で心拍数の限界が近い気もするけど、もう少しぐらい頑張ってみようか。嫌な気持ちは、ひとかけらもないのだし。

「二人とも今日は暇か？　良かったら俺の家で遊ぼうぜ。ついでにてるてる坊主を作ろう」

苦笑しながら、俺は景一と冴島に言う。高二男子が口にする遊びの誘い文句としては珍しいだろうが、同級生の二人はそれを快く了承してくれた。冴島にいたっては「帰りに材料を買いに行こう！」などと張り切ってくれていた。ティッシュと糸でいいんじゃないのか。

「そういうわけなんで、俺は帰りますね」

そう言って、俺は生徒会の二人がいるほうへ身体《からだ》を向けた。ちなみに小日向は俺の動きに合わせてちょこちょこと移動し、鼻ツンポジションをキープしている。可愛《かわい》い。

いつのまにか生徒会長――斑鳩会長は俺が最初に生徒会室に入ってきたときのような、口元を隠して腕を組んだポーズをしており、キリッとした表情を浮かべていた。そして彼女は俺を見て鷹揚《おうよう》に頷いたのち、白木先輩に目を向けた。

「後は頼んだぞ白木副会長、私は先にイく」

そう言い終えると、生徒会長――いや、ＫＣＣ会長はパタリと動力を失ったロボットのようにデスクにうつ伏せになってしまった。

つぅ、と現在進行形で殺人現場のようにデスクに血が流れているのだけど、俺は慌てるべきなのか呆《あき》れるべきなのか……どうせ小日向の可愛さに当てられて鼻血を噴き出しただけだろうし。

「請け負いました会長……では杉野智樹くん。後は頼みましたよ。私もイきます」

そう言って白木会長は、糸の切れた操り人形のごとく地面に崩れ落ちる。

「いや全く請け負えてなくね!?　本当にどうしようもないなこのド変態どもはっ！」

この学校の生徒会、本当に腐ってんな！

エピローグ　顔を描くのはお楽しみ

　幸い、生徒会室の近くに保健室が位置していたため、俺たちはそこで居眠りをしていた養護教諭を叩《たた》き起こして一緒に生徒会長と副会長を保健室に運び入れた。どんなしょうもない理由でも、出血していることはたしかだしな。

　俺は今回の件で振り回された腹いせに、二人が寝ている枕元に『貸しひとつです』というメモを残して帰った。二人で一つではなく、それぞれに一つずつだ。

　俺だけならまだしも、景一《けいいち》や冴島《さえじま》、そして小日向《こひなた》をも盛大に振り回したのだ。次に何か起きた時のためにも、保険として生徒会権力は使わせてもらうことにしよう。

　ちなみに居眠り養護教諭が小日向をチラッと見て「あぁ、いつものやつか」とため息を吐《つ》いていたことから、彼女たちが保健室の常連であることが窺《うかが》える。

　小日向が可愛くなればなるほど被害が増えるというのならば、小日向の表情が完全復活したらいったいどうなってしまうのやら。保健室の病床が足りなくなることは間違いないだろう。

「てるてる坊主って先に顔を描いたらダメらしいぞ」

生徒会での騒動を終えてから、場所は変わって俺の家。

以前高田《たかだ》が言っていたことを冴島と小日向に伝えると、二人は揃《そろ》って驚いた表情を浮かべた。小日向はいつもよりほんのわずかに瞼《まぶた》を持ちあげただけなのだが。

帰り道に購入した安物の白い布を使って、俺たちはせっせとてるてる坊主づくりに励んでいる。以前四人で遊んだ時のようにこたつを囲んでいるのだけど、ゲームをするわけでもないのに俺は小日向の隣に座っていた。

だっていまさら場所を変えたら避けているみたいに思われそうだし。

おそらく、小日向も俺と同じような気持ちなのだろうと思うのだけど……なんだか帰宅中からやけに小日向が冷たい気がするんだよなぁ。そっけないというか、ツンとしているというか。生徒会での出来事が原因だよな、やっぱり。

「顔描いちゃだめなんだ〜、残念……」

俺が放った言葉によって、すでに形を作り終えて顔を書こうとしていた冴島の手が止まる。なんだか楽しみを奪ってしまったようで申し訳ないが、明日からいつも通りの日常に戻るためだ。我慢してほしい。

「ちなみに、智樹《ともき》的にはこの無表情のてるてる坊主は可愛いらしいぞ。シルエットとか、コロコロしている感じがいいんだと」

「――あっ……ふーん、なるほどね。うん、たしかに可愛いかも！」

さりげなく言った景一の言葉を受けて、冴島がニヤニヤとした視線をこちらに向けてくる。もちろん、景一もだ。こいつら……絶対俺が小日向とてるてる坊主を重ねていることを理解して言ってるだろ。絶対『無表情』って言ったのはわざとだ！

そんなピンクの空気が充満していそうな雰囲気のなか、小日向はジッと自ら作り上げたてるてる坊主を眺めていた。ペンを片手に唇を尖《とが》らせているところを見るに、顔を書けなかったことが不満なのだろう。

「小日向のも可愛くできていると思うぞ」

冴島たちの会話から逃れるべく小日向に声を掛けると、彼女はちらっとこちらに目を向けたあと、ツンと視線と顔を斜め上に逸《そ》らした。わざとらしすぎて逆に可愛い。

クラスメイトへの頭ぐりぐりがよほど恥ずかしかったのだろう。だけど俺も恥ずかしかったんだから、そこまであからさまに避けなくてもいいじゃないか。

まぁ時間が経《た》てば元に戻るか――と、微笑ましい気持ちで彼女の後ろ頭を眺めていると、冴島が「そんなツンツンしてると杉野《すぎの》くんに嫌われちゃうよ～」とからかいの成分を含んだ声音で言った。

すると小日向は、俺に後頭部を向けたままピクリと震える。

そして彼女は恐る恐るといった様子でこちらを振り返り、俺と目が合うと素早くもとの体勢に戻った。これぐらいで小日向のことを嫌いになるわけがないだろうに……でもまぁ、なんか可愛いからしばらく彼女の様子を観察させてもらおうか。

そんなことを考えながら、そわそわしている小日向の動きを見ていると、なぜか満足げな表情を浮かべている景一が、「春だなぁ」と呟《つぶや》く。

「もう四月後半だぞ？　そりゃ春だろ」

景一が言いたいことはわかるのだが、俺は敢《あ》えてとぼけてみせた。

だって俺たちがお互いに抱いている感情は、年頃の男女のモノではなく、父と娘の関係に近いモノだ。俺は小日向に幸せになって欲しいと願っているし、彼女は二年前に失ってしまった心の穴を埋めようとしている。

ただ、それが同じ年齢のクラスメイトだから、恥ずかしく思ってしまっているだけなのだろう。

「冷たくされたら、俺は悲しいなぁ」

そう言いながら、俺は小日向の頭に手を乗せる。相手を同級生とは思わずに、小さな子供だと思えばやれないことはない。まぁ、十分すぎるぐらい恥ずかしいし、もし手を払いのけられたら数日間はへこみそうだが。

しかしそんな俺の懸念は杞憂《きゆう》に終わり、小日向は俺に後頭部を向けたまま、自ら撫《な》でられに行くように、背筋を伸ばして頭を動かす。

しばらく頭を撫でられた小日向は、身体を反転させてこちらを向いた。しかしまだ気恥ずかしいのか、俯《うつむ》いた状態で俺と視線は合わせない。

「ん？　どうした？」

こちらを向いたので声を掛けてみたのだが、彼女から反応は返ってこない。

ただただジッと俺の胸元あたりを見つめて、落ち着きなく身体をそわそわと動かしている。

やがて小日向は耐え切れなくなったように、俺の胸にダイブ——もとい、頭突きをした。

ぐりぐりと必死に頭をこすりつけてくる小日向の頭を眺めながら、俺は——『ＫＣＣという団体が存在するのも仕方がないな』——そんなどうでもいいことを考えるのだった。

あとがき

あとがき、四ページらしいです――どうもみなさん初めまして、心音《ここね》ゆるりです。

ありがたく、たくさんページを頂戴することができましたので、作品の生い立ちやネタバレしない程度の内容はもちろん、私の個人的な話もちらっと書かせていただこうかなぁと思います。

ではさっそく個人的な話から。

私は現在カクヨム様等の小説投稿サイトを利用させていただき活動しているのですが、もともとは公募勢――ＫＡＤＯＫＡＷＡ様が開催している色々な新人賞に応募するという形をとっていました。全部落ちたけども。

別の手法も試してみようということで、ダイレクトに読者さんの意見を聞くことができる小説投稿サイトで活動するようになったのですが、そこでは異世界一強といった雰囲気で、出版社さんの目に留まるには異世界ものを書くのが一番だと私は思ったわけです。

主人公が異世界で無双する内容も好きだったので楽しく書くことができ、色々勉強しながら投稿しているうちに書籍化することまで叶《かな》いました。

念願のプロ作家になった私は、投稿サイトの流行を気にせず「次は完全な趣味で書くぞーっ！」と意気揚々とカクヨム様にて『小日向《こひなた》さん』を投稿。公募時代はほとんどラブコメばかり書いていたので、懐かしい気持ちを味わいながら書いていました。

そんな時に、スニーカー文庫様から連絡が……！　編集Sさんから「小日向さん尊い」「小日向さん可愛《かわい》い」というお言葉が……！

いやもう心臓止まるかと思いましたね。実際ちょっと止まったかもしれません。なにしろ私はスニーカー大賞に応募して、何度も落選を経験していましたので。お声を掛けられるぐらいに、成長できたんだなぁとしみじみ思いました。俺、頑張った。

個人的な話はこれぐらいにして、作品の話に移りましょう。

『無口な小日向さんは、なぜか俺の胸に頭突きする』――という今作のタイトルなのですが、元々は『無口でクールな小日向さんは～』という感じで、クールという言葉が入っていました。

しかしWEB連載中に私は思いました、読者さんも気づきました、担当のSさんにも言われました――「クール要素……残ってます？」と。

冒頭の数ページで、クールさはどこかへ旅立ってしまってないか？　と。

全くもって、その通りダネ！　というわけで、タイトルが変わりましたとさ。

そんなクール要素が吹っ飛んだ小日向さんですが、タイトル通りまぁ喋《しゃべ》らないです。おそらく世の中に無口系のヒロインは結構いると思うのですが、小日向さんほど喋らない女の子は、声帯に問題があったりしない限りほぼいないんじゃないかなぁと思うレベルで喋らないです。

しかもそれでいて、小日向さんには『無表情』なんて特徴もあるんです。

小日向さんの容姿は整っていますが、無口な上に無表情とまできたら「本当にこのヒロインは可愛いのか？」と思いますよね？　思いますね？　貴方《あなた》は思いました。

だがしかし！　可愛いんです！

言葉を発しない、表情を変化させない――その代わりに、小日向さんの可愛さは全て仕草と行動に凝縮されています。

是非とも本屋で立ち読みしているそこの貴方はそのままスイ～とレジまで足を運んでみましょう。店員さんに本とお金を渡せば完璧です。もっと可愛い小日向さんを見ることができる可能性がグッと上がりますよ！（土下座）

カクヨム様の読者さんのおかげで書籍化が成立したようなものなので、応援、本当にありがたいです。作者のモチベーションにもなります。投稿サイトの評価で出版社の目に留まる可能性が増え、本の購入は続刊に繋《つな》がります。

ぜひ皆さまも、私の作品でなくとも好きな物語などがあれば、購入したり、応援してみてください。コメントは難しいことなんて考えず、「面白かった」だけで作者は貴方が思っている以上に喜びますよ。

では、この本に関わってくださった方々にお礼を。

編集部の皆さま、校閲さん、営業さん、デザイナーさん等々、本当にありがとうございます。この作品を世に出せることができたのも、皆さまのサポートのおかげです。

担当のSさん。最初にお話をした時から色々と褒めてくれて、エピソードを追加するたびに「尊い」「可愛い」と最高の感想をくださりありがとうございます。私、褒められて伸びるタイプですので！　褒められて伸びますので！　大事なことなので二度言いました。

そしてイラストレーターのさとうぽて先生。キャラデザを拝見したとき、「あぁ、この人が神か」と思いましたね。私の脳内でテコテコ歩いていた小日向さんがより鮮明に、そしてより可愛くなってテッコテッコと歩くようになりました。主人公たちの感想も述べたいところですが、ページ、足りません！

カクヨム様にて応援してくれた読者の皆さま。いつも温かなコメントやハートを届けてくれてありがとうございます。今後ともどうぞよろしくお願いします！　嬉《うれ》しいんです！

そして最後に、この本を手に取ってくださった皆さまに、最大の感謝を！

無口《むくち》な小日向《こひなた》さんは、なぜか俺《おれ》の胸《むね》に頭突《ずつ》きする

著　心音《ここね》ゆるり

角川スニーカー文庫　23522

2023年２月１日　初版発行

発行者　山下直久

発　行　株式会社KADOKAWA
〒102-8177 東京都千代田区富士見2-13-3
電話　0570-002-301（ナビダイヤル）

印刷所　株式会社暁印刷

製本所　本間製本株式会社

◇◇◇

Printed in Japan　ISBN 978-4-04-113382-8　C0193

★ご意見、ご感想をお送りください★
〒102-8177 東京都千代田区富士見 2-13-3
株式会社KADOKAWA　角川スニーカー文庫編集部気付
「心音ゆるり」先生「さとうぽて」先生

角川文庫発刊に際して

角 川 源 義

第二次世界大戦の敗北は、軍事力の敗北であった以上に、私たちの若い文化力の敗退であった。私たちの文化が戦争に対して如何に無力であり、単なるあだ花に過ぎなかったかを、私たちは身を以て体験し痛感した。西洋近代文化の摂取にとって、明治以後八十年の歳月は決して短かすぎたとは言えない。にもかかわらず、近代文化の伝統を確立し、自由な批判と柔軟な良識に富む文化層として自らを形成することに私たちは失敗して来た。そしてこれは、各層への文化の普及滲透を任務とする出版人の責任でもあった。

一九四五年以来、私たちは再び振出しに戻り、第一歩から踏み出すことを余儀なくされた。これは大きな不幸ではあるが、反面、これまでの混沌・未熟・歪曲の中にあった我が国の文化に秩序と確たる基礎を齎らすためには絶好の機会でもある。角川書店は、このような祖国の文化的危機にあたり、微力をも顧みず再建の礎石たるべき抱負と決意とをもって出発したが、ここに創立以来の念願を果すべく角川文庫を発刊する。これまで刊行されたあらゆる全集叢書文庫類の長所と短所とを検討し、古今東西の不朽の典籍を、良心的編集のもとに、廉価に、そして書架にふさわしい美本として、多くのひとびとに提供しようとする。しかし私たちは徒らに百科全書的な知識のジレッタントを作ることを目的とせず、あくまで祖国の文化に秩序と再建への道を示し、この文庫を角川書店の栄ある事業として、今後永久に継続発展せしめ、学芸と教養との殿堂として大成せんことを期したい。多くの読書子の愛情ある忠言と支持とによって、この希望と抱負とを完遂せしめられんことを願う。

一九四九年五月三日

「私は脇役だからさ」と言って笑う
そんなキミが1番かわいい。
クラスで2番目に可愛い女の子と友だちになった
たかた [イラスト]日向あずり
第6回 カクヨムWeb小説コンテスト 特別賞 ラブコメ部門
『クラスで2番目に可愛い』と噂の朝凪さん。No.1人気の天海さんにも頼られるしっかり者の彼女は……金曜日の放課後だけ、俺の家に遊びに来る。本当は無邪気で甘えたがり。素顔で過ごす、二人だけの時間。
スニーカー文庫